SE SOUVENIR ENSEMBLE

DU MÊME AUTEUR (Claude Askolovitch)

Aux éditions Grasset

Black Boli, avec Basile Boli, 1994.
Voyage au bout de la France. *Le Front national tel qu'il est*, 1999, prix Décembre 1999.
Lionel, 2001.
Qui connaît Madame Royal, avec Éric Besson, 2007.
Je vous fais juges, avec Rachida Dati, 2007.
Nos mal-aimés. *Ces musulmans dont la France ne veut pas*, 2013.
À son ombre, 2020.

Chez d'autres éditeurs

La France du piston, avec Sylvain Attal, Robert Laffont, 1992.
Chemin faisant. *Entretien avec le Grand-Rabbin Sitruk,* avec Bertrand Dicale, Flammarion 1997.
Pour en finir avec le vieux Socialisme… *et être enfin de gauche,* entretien avec Manuel Valls, Robert Laffont 2008.
Conversation avec Claude Askolovitch, entretien avec Patrick Bruel, Plon, 2011.
Les Années Trente sont de retour, avec Pascal Blanchard, Renaud Dely et Yvan Gastaut, Flammarion 2014.
Les Grands Garçons. *Valls, Montebourg, Hamon…*, Plon, 2015.
Comment se dire adieu ?, Lattès 2017.
Le Petit Chevalier, Michel Lafon-France Inter, 2021.

Revue

« Le Livre inachevé. Réflexions sur ma question Strauss-Kahn » *in La Règle du Jeu* numéro 51, février 2013.

EVELYN ET CLAUDE ASKOLOVITCH

SE SOUVENIR ENSEMBLE

BERNARD GRASSET
PARIS

Photo de la bande : JF Paga

ISBN 978-2-246-82965-2

« Allons au-devant de la reine Chabbat. / La voici qui s'en vient, la sainte, la bénie, / Et avec elle des anges – l'armée de la paix et du repos. »

Haïm Nahman Bialik

« Le petit train dans la campagne / Et les enfants ? / Les petits trains dans la montagne / Les grands-parents / Petit train, conduis-les aux flammes, à travers champs. »

Les Rita Mitsouko

« Children are man at its strongest. They abide. And they endure. »

La Nuit du chasseur, Charles Laughton

« S'Il avait divisé la mer pour nous mais ne nous l'avait pas fait traverser sur la terre sèche, cela nous aurait suffi ! »

Une prière de Pessah

À Camille, Théo, Noa, Amnon, Yael, Octave,
Léon, Noé, Andrea, et tous ceux qui viendront.

Claude

Ce n'est pas si compliqué.

Ma mère Evelyn est née le 15 juillet 1938 à Amsterdam, de Jacob et Anny Sulzbach, juifs d'Allemagne émigrés aux Pays-Bas. Les Pays-Bas furent conquis par l'Allemagne nazie au printemps 1940.

Evelyn âgée de quatre ans et ses parents furent arrêtés (une dénonciation) le 12 mars 1943 et déportés dans les camps néerlandais de Vught et Westerbork, puis à Bergen-Belsen, en Allemagne, d'où la Croix-Rouge les sortit : ils possédaient des vrais-faux papiers du Honduras, pays neutre, et donc ne moururent pas, mais il s'en fallut de peu. Ils finirent la guerre dans un camp de la Croix-Rouge, à Biberach, près du lac de Constance, d'où ils furent libérés par des soldats français. Le frère d'Evelyn, Jules, est né en 1950.

Le 2 septembre 1958, en la synagogue de la rue Jacob Obrecht à Amsterdam (Obrecht fut un compositeur flamand de la Renaissance renommé pour ses messes polyphoniques), Evelyn a épousé mon père, Roger Askolovitch, qui écrivait et militait sous le nom de Roger Ascot et qu'elle avait rencontré en vacances en Italie.

Roger, avec ses parents Maurice et Suzanne (Sarah) et son petit frère Adolphe (qu'on préférait appeler Félix, cela s'entend), avait traversé l'occupation allemande en France dans diverses caches dont j'ignore le détail, entre Perpignan, terre de rugby (et par piété filiale je cherche les lundis les résultats des sang et or de l'USAP dans *Midi Olympique*) et l'arrière-pays niçois. Roger, juif on ne peut plus français, déracina ma mère, l'amenant à Paris.

Je suis né le 18 décembre 1962 et ma sœur Myriam (Mimi) le 26 février 1967. Nous avons à nous deux sept enfants, deux petits-fils (moi), deux veuvages, une nouvelle union (moi), une immigration en Israël (elle). Dans nos vies, la Shoah n'a pas joué de rôle majeur, sauf à y penser mieux.

Mais veuve puis orpheline (dans cet ordre), Evelyn est devenue une parmi ces vieux juifs qui racontent aux enfants des écoles leur presque mort d'antan. Elle le fait avec une passion qui me trouble, et parfois elle s'épuise à force de récits. Ma mère est désormais un personnage patrimonial ; un archétype bouleversant que l'on conjugue au pluriel. On nomme Evelyn et ses semblables « les derniers témoins », dont on redoute que la disparition – inéluctable – nous séparera – irrémédiablement – de la Shoah. Je n'aime pas cette dialectique. Je dois être possessif et superstitieux. Ma mère n'appartient pas à l'histoire. Si elle devait partir, ce ne serait pas au nom des six millions que je serais triste.

Nous dirons que je suis perplexe devant la transformation de Maman en témoin. Je le montre aussi peu que possible.

Evelyn, d'apparence, va bien. Elle ne boude pas cette existence utile. Des enfants la remercient après ses conférences. Elle lutte contre l'oubli. Elle leur dit : « Si un jour des gens prétendent devant vous que ce n'est pas arrivé, vous pourrez dire que vous avez rencontré une vieille dame qui avait été déportée quand elle était petite. » Je l'ai vue aussi transmettre sa survie à des prisonniers dans une maison d'arrêt, et ces hommes que l'on croirait durs y ont trouvé un réconfort : si cette petite femme était sortie de l'enfer nazi, ils surpasseraient leur enfermement. Des journalistes et des photographes rendent Maman immortelle. On a affiché son portrait sur les murs qui entourent l'UNESCO à Paris, puis sur les grilles du jardin du Luxembourg, au milieu d'une ribambelle de rescapés, photographiés par un photographe germano-italien, fils d'immigrés siciliens, Luigi Toscano, qui saisit des visages pour empêcher l'oubli. Au milieu de gueules ravinées, Evelyn a une bouille fraîche encore. Cela me réjouit.

On me dit qu'elle est formidable. J'acquiesce mais ce n'est pas si simple.

Je redoute que ma mère souffre. Ses témoignages l'éprouvent. Ils la confrontent à ses monstres. Ce n'est pas, comme on pourrait le croire, qu'elle revit l'horreur en la racontant ; mais plutôt que de conférence en conférence, elle se heurte à un mur opaque, qui la sépare de son passé. Evelyn témoigne sans souvenirs. Fillette dans les camps, elle avait éteint quelque chose en elle, pour ne pas mourir de peur et de chagrin, et après guerre, elle s'est reconstruite sur cette absence. Cette perte est irrémédiable. Elle tisse sa parole des quelques scènes qui se sont faufilées en elle.

Elle se cherche quand on croit qu'elle transmet. Mais cette recherche est aussi une transmission.

Tout ceci est sublime. Ou poignant.

Ou insensé.

Evelyn a fini par écrire un long texte, pour témoigner encore, dit-elle, plus sûrement pour se retrouver. Ce texte est devenu le point de départ de ce livre que nous dirons à deux voix, et que je dois écrire : si la déportation est sienne, les mots sont mon métier. Depuis nous attendons, ou plutôt elle attend, tandis que je n'écris pas. Nous nous disputons. Je me demande ce que je cherche. La rendre heureuse, peut-être ; la découvrir. Faire mon devoir. Me bouleverser.

Je ne sais toujours pas si c'est une bonne idée de parler à ma mère. Écrire avec elle est encore moins judicieux, sauf à croire qu'on peut réparer. Peut-être n'ai-je plus l'âge.

J'ai beaucoup pensé que si nous achevons ce livre, elle mourra, ses tâches accomplies, mais je sais aussi que si Maman meurt sans avoir vu notre livre, mon sort sera atroce, car au chagrin qui m'attend s'ajoutera le remords. Mon éditeur, Christophe Bataille, une sorte de Jiminy Cricket enjoué (il rit de me faire écrire ce qui me chavire), affirme que c'est une chance de combler nos vides quand nous sommes en vie. Il croit que nous pouvons construire un livre neuf sur la Shoah : un texte sur la transmission impossible.

Je pense souvent à *Maus*, la bande dessinée de Art Spiegelman, où un fils se dispute avec un père insupportable, mais réchappé d'Auschwitz, et dont il se force, entre deux colères et deux inquiétudes, à extraire les souvenirs.

Evelyn voudrait se voir imprimée.

Nous en sommes à peu près là.

Evelyn

« Je ne porte jamais de sac à dos. Je n'en ai jamais eu. Cela vient de ma maman. Elle avait un sac à dos quand on nous a déportés. Après la guerre, elle n'en a plus jamais voulu.

— Mais quand tu partais camper avec ton mouvement de jeunesse, tu faisais comment ?

— J'avais une valise ! Et puis on ne campait pas si souvent. Nous étions partis un été, le vent avait arraché notre tente. Nous nous étions retrouvés, en pyjama, dehors, dans la nuit ! Une autre fois – un hiver – on nous avait logés dans une grange, nous dormions sur la paille, c'était génial ! Nous ne nous sommes pas lavés de tout le séjour. Quand je suis rentrée, *Mammie* a ouvert ma valise, elle a pris tout ce qu'il y avait dedans pour le laver. Un ami de mes parents était passé nous voir : sa fille campait avec nous. En rentrant, il avait dit à *Pappie* et *Mammie* : "C'était bien la peine qu'Evelyn survive à Bergen-Belsen pour la faire dormir sur de la paille et que ça la rende heureuse." »

Claude

Je ne connaissais pas l'histoire de la grange avant qu'Evelyn la raconte à mon fils Octave, l'été 2022, le jour où nous l'avons raccompagnée au bateau de Fromentine. Evelyn – Maman – et son compagnon Alain étaient venus nous voir à l'île d'Yeu, pour les dix ans d'Octave, Yeu étant la terre promise de ma compagne Nolwenn. Le séjour avait été tendu, comme souvent entre Maman et moi. Nous nous aimons âprement. Evelyn m'en veut de ne pas avancer sur notre livre. Je lui en veux d'être dans mon tort. Je m'en veux de lui en vouloir. Nos conversations me prennent à contre-pied.

Le jour de son départ, je lui avais simplement dit qu'un petit sac à dos aurait été plus pratique que le gros sac qui l'encombrait. Je ne savais pas que l'idée même du sac à dos était liée à la Shoah. Cela non plus, elle ne me l'avait jamais dit. Ou je l'avais oublié. Je suis réputé hypermnésique mais les mots de ma mère me traversent. J'ai beau me mettre en alerte, supplier neurones et synapses de se faire violence pour que je ne perde rien d'elle, ils ne m'obéissent pas. Ma mère parle et je me sens poreux. Savoir que ses mots vont me fuir me distrait. Je me déteste de la perdre, et paniquant, je la perds pour de bon. Evelyn parle et je ne l'entends plus. S'en rend-elle compte ? Comment lui expliquer que je l'écoute mal précisément parce qu'il est trop important que je l'entende ?

Cette fois pourtant, j'ai entendu. Cette histoire est légère. Elle est du côté de la vie. La grange. Camper. La saleté d'une petite fille joyeuse. Ce brave homme ratant l'essentiel – que c'était justement pour qu'elle soit heureuse de se vautrer dans la paille qu'on l'avait sauvée, ou sinon à quoi bon ?

Petite fille d'Amsterdam, Evelyn était inscrite dans des mouvements de jeunesse qui combinaient scoutisme, sionisme et religion ; les mots étaient encore innocents. Nous pourrons en reparler. Il y eut *Tikvatenou*, « notre espérance » en hébreu, ce mot était joli dans un monde de survivants, puis le *Bnei Akiva*, littéralement « les enfants d'Akiva », héritiers d'un maître et martyr, qui mourut exécuté par l'occupant romain dans une révolte de la Palestine juive sous l'empereur Trajan ; cette filiation non plus n'est pas innocente.

De son vivant, Akiva (cette science est récente, je viens de le lire) était devant la connaissance, dit-on, « comme un enfant étonné ». Il fut aussi un des organisateurs de la Michna – une compilation de règles qui ont structuré la religion juive. Le Talmud le compare à un paysan ramassant dans son panier de l'orge, de l'avoine, du son, des fèves et des lentilles avant de les trier : ainsi, il rangea la Loi.

À son exemple je dois cueillir nos souvenirs, puis les mettre en ordre.

Akiva avait un panier, pas un sac à dos. Oma eût apprécié. J'appelle Oma, grand-mère en allemand et en hollandais, celle qu'Evelyn appelle *Mammie*, maman ; sa mère, ma grand-mère, petite femme vive et têtue, qui se pensait au centre de l'attention et bien souvent l'était. Anny Sulzbach, née Seligmann à Spire, Speyer, en Rhénanie est morte à cent quatre ans – plus de soixante-dix ans après avoir sauvé la vie de son mari et de sa fille dans les camps nazis. Sa longévité me rassure. Si ma mère tient de Oma, nous avons un peu de temps. Je n'exclus pas de partir avant elle.

(Evelyn ayant lu ce qui précède, car je conjure son impatience en lui donnant des bouts de texte, m'adjure : « Je t'interdis de mourir avant moi ! »)

Cela ressemble assez à Oma d'avoir banni après-guerre un accessoire inoffensif. Cela ressemble absolument à Evelyn de m'en parler sans prévenir, alors que pendant des années j'ai porté devant elle – et mes enfants également – des sacs à dos de toutes sortes, sans que jamais elle n'en dise rien. Elle prétend qu'écolier, je n'avais pas de sac à dos. Je me souviens pourtant de sacs verts, on les appelait des surplus américains, quand j'étais au lycée. Nous écrivions nos noms au stylo sur le tissu épais, et puis d'autres fétiches, Genesis, ACDC… En première ? En terminale ? C'est tard sans doute. J'essaie de me souvenir d'une réticence de sa part. Je ne vois pas. Peut-être qu'elle-même n'y pensait plus ? Peut-être se trompe-t-elle ? Quand viennent ses souvenirs, elle les dit avec un aplomb enjoué qui ne suggère pas le doute. Pourtant, elle tremble de confondre.

Rentrée à Paris, le voyage s'est bien passé (bateau, car et train, Yeu se mérite), elle m'appelle. Elle n'est plus certaine de son histoire de sac à dos.

« Je ne sais pas s'il y avait des sacs à dos pendant la guerre, c'est venu après !

— Mais non. Dans les années 1930, les jeunes gens partaient dans les auberges de jeunesse avec des sacs à dos !

— Tu crois ?

— Et tu te souviens, dans *Holocauste* ? Quand Meryl Streep va visiter son mari qu'on a jeté dans un camp ? Elle porte un sac à dos. »

Idiot, moi. Evelyn n'a jamais vu *Holocauste*, ce feuilleton américain sur deux familles allemandes, l'une juive et l'autre nazie, pas très bon, mais qui à la fin des années 1970 bouleversa les téléspectateurs occidentaux. Quand la série était venue en France, ma mère avait souhaité la bannir de chez nous. Elle ne voulait pas s'infliger ce spectacle – mais ne le disait pas ainsi (fidèle à elle-même, ou à ce personnage qu'elle a inventé, toute dévouée aux autres qu'elle entend protéger, s'interdisant d'exprimer ses désirs ou ses peurs pour elle-même, mais les imposant à ses proches en jurant ne penser qu'à eux). Elle prétendait que ma sœur et moi serions traumatisés. Nous protestions : au lycée *tout le monde* allait voir le feuilleton !

Maman m'a longtemps soutenu que notre famille n'avait pas regardé *Holocauste*, puisqu'elle s'y était opposée. Elle se trompe. Nous avions gagné contre elle. Je me souviens l'avoir vu, un peu gêné ; parce qu'on ne parlait que de cela en classe, peut-être ; parce que les personnages étaient des caricatures et l'histoire m'ennuyait, en dépit de son caractère sacré. J'avais trouvé ridicule que Meryl Streep aille à Dachau en short, comme si elle visitait une auberge de jeunesse.

Je nous vois, mon père, ma sœur et moi, devant la télévision. Evelyn n'est pas dans le tableau. Le soir où nous avons regardé *Holocauste* – le premier épisode en tout cas, je ne suis pas certain que nous ayons eu l'envie d'aller au bout d'une histoire dont nous savions la fin –, Maman n'est pas restée avec nous au salon. Elle était dans sa chambre ou dans la cuisine, elle lisait, elle rangeait ? Je crois la deviner passant une tête, dans l'embrasure d'une porte, refusant d'entrer. S'inquiétant de nous, et nous haussions les épaules, agacés. Cette manière de s'imposer aux autres sans les déranger – ostensiblement sans déranger. Incapable de nous dire que c'était elle que cette fiction rendait malade, et qu'il ne s'agissait de rien d'autre, et que nous devions l'entourer. La Shoah la rongeait. Elle n'en disait rien. Elle le dit désormais et nul ne peut l'ignorer. Evelyn est octogénaire. À quarante ans, elle les avait eus quelques mois avant *Holocauste*, elle était seule ; nous n'avions pas envie de la deviner. J'avais quinze ans, pardon, seize. À cet âge… Je n'ai pas pensé à éteindre la télévision pour lui faire plaisir.

(Ma sœur Myriam, ayant lu ceci : « Moi, je n'ai pas regardé Holocauste, *j'en suis certaine. Oui, nous avions des sacs à dos au lycée, mais Maman ne voulait pas qu'on les garde sur le dos à la maison. J'ai toujours su pourquoi ! L'histoire de la grange, elle nous l'avait racontée quand nous allions en colonie de vacances. Elle l'a aussi racontée à mes enfants. Est-ce que tu écoutais ce qui se passait autour de toi ? »)*

Evelyn

Je ne possède que de pauvres souvenirs et j'ai longtemps pensé qu'ils n'étaient pas intéressants. Parfois, ils m'empêchaient de dormir, mais il n'y avait pas de quoi en faire un drame. Ce qui m'était arrivé à l'âge de quatre ans n'était pas vraiment mon histoire : *Mammie* me l'avait dit. Je n'avais été qu'une enfant dans les camps et je les avais traversés comme anesthésiée. J'avais admis qu'il ne m'en restait rien.

À l'approche de mes cinquante ans, en 1988, mes insomnies se sont faites plus précises. Une nuit de printemps, j'ai écrit des images qui me revenaient. Ce sont celles que je transmets désormais, plus de trente ans après, dans les conférences où l'on m'invite.

Pappie tombant dans la neige, après notre sortie de Bergen-Belsen, et avant cela, malade, au camp, refusant de se lever pour prendre le train de la Croix-Rouge qui allait nous évacuer ; *Mammie* criant sur mon père et le tirant pour qu'il bouge, et moi qui pleurais en lui disant de le laisser tranquille et qu'elle était méchante. *Pappie* encore, quelques mois plus tôt, qui était venu nous voir au baraquement des femmes, et que la mère de Marion accusait d'avoir volé son pain. Marion et sa mère dormaient à côté de nous ; Marion chantait faux, je lui disais d'arrêter mais elle chantait quand même, et maintenant, c'était sa mère qui hurlait sur mon père qu'elle traitait de voleur, et je m'étais mise à hurler tellement j'avais peur qu'un soldat l'entende et vienne tuer *Pappie*. Je me souvenais aussi de jumelles dans notre baraquement, Ruth et Nomi, un peu plus grandes que moi, et un jour seule Nomi était là et quand j'avais demandé où était Ruth, on m'avait dit qu'elle était morte. Et aussi, dans ce même baraquement où *Mammie* me laissait pour aller travailler, une gardienne allemande m'avait surprise alors que je jouais, par terre, entortillant une ficelle de raphia que *Mammie* m'avait apportée bien que ce fût interdit. J'avais eu peur que l'Allemande me prenne et qu'elle tue ma mère. Elle m'avait regardée sans rien dire et elle était sortie. Le jour de mes six ans, j'avais eu une tartine de pain avec dessus le chiffre « 6 » en flocons d'avoine, et aussi un petit lit et une poupée en bois. Je me souvenais enfin qu'à notre retour en Hollande, en 1946, j'avais vu des gens agiter des drapeaux, et qu'à Maastricht, mon père m'avait acheté du pain blanc.

Mon mari a trouvé mon texte le matin. Roger dirigeait *L'Arche*, le mensuel de la communauté juive. Il a publié mes souvenirs. Je lui ai dit que ce n'était ni bien écrit ni intéressant. Il m'a répondu que tout le monde n'avait pas eu six ans à Bergen-Belsen. L'article est paru en juin 1988. J'avais un peu honte quand le journal est sorti ; il n'y avait pas de quoi. En dehors de trois amis, nul ne m'en a parlé. *Mammie* m'a téléphoné : « C'est bizarre que tu aies écrit tout ça, je ne pensais pas que tu étais concernée. » À cette époque, je militais activement dans une organisation de femmes juives ; j'organisais des colloques et des manifestations : j'étais cette battante. Je n'avais pas parlé à mes copines de combat de ma déportation, enfant. Je suppose qu'elles ont lu le texte – tout le monde lisait *L'Arche* dans notre milieu. Pourtant, elles ne m'en ont rien dit. En un sens j'ai été soulagée de n'intéresser personne.

Claude

J'ai demandé plusieurs fois à Maman de me donner ce texte que Papa avait publié. J'en avais besoin pour le livre. Stoïque, elle me l'a renvoyé par mail à chacune de mes demandes. Elle a fini par me faire remarquer que ce n'était pas la première fois.

Evelyn n'est pas dupe de mes évitements. Je tourne autour de sa vie sans savoir y rentrer. Ai-je peur de m'y blesser ?

Les mots de ma mère, il y a trente-cinq ans :

« *Nous marchons dans la neige mes parents et moi. Et soudain* Pappie *tombe dans la neige, il ne peut plus. Je crie, il est mort mon* Pappie, *si fort, il est tombé. On le soulève, on le porte à l'hôpital, je le vois tous les jours, il va mieux.* »

J'ai trop souvent lu le texte de *L'Arche* sans m'y arrêter vraiment ; comme j'ai mal lu d'abord le long récit, que Maman m'a envoyé il y a plus d'un an, dans lequel elle cherche – c'est son titre – à « Entrouvrir la porte de ma mémoire enfouie » ; récit dont je m'inspire pour avancer notre livre, et qui est une matière vivante et mouvante. Evelyn le modifie, le bonifie, le transforme, quand un détail lui revient, une compréhension, quand elle retrouve, dans un livre d'histoire ou dans les mémoires de ma grand-mère, qui avant elle a raconté sa vie, une trace de ce passé qui se dérobe à elle ; quand le doute la prend, et elle se dit que son témoignage, s'il est faux, abîmera le monde.

Parfois, ce qu'elle rajoute, elle l'a déjà écrit.

Parfois, elle m'appelle.

« Je n'ai pas écrit que le convoi dans lequel j'ai quitté le camp de Vught s'appelait le convoi des enfants ! C'est important. Ils avaient vidé le camp de tous les enfants, d'un coup, et tous devaient mourir !

— Attends *(j'ouvre l'ordinateur, clique sur le document que j'ai nommé « mémoire », recherche « convoi des enfants »)*, je ne vois pas… Ah si, tu cites le livre de Oma : "Le 5 juin 1943, après trois mois d'internement à Vught, on a signifié à 3 000 femmes de chercher leurs enfants le lendemain, et de préparer leurs bagages pour le départ du 6 juin." C'est bien ça ?

— Non, pas 3 000 femmes, je me suis trompée. C'étaient 3 000 personnes, 1 296 enfants avec leurs mères, qui ont été sorties de Vught… Il faut écrire que cela s'appelait le "convoi des enfants"…

— Oui. Je le rajoute. C'est le convoi qui t'a amenée avec Oma à Westerbork, et qui continuait ensuite vers Auschwitz…

— Vers Auschwitz et vers Sobibor…

— Mais vous, vous êtes restés à Westerbork grâce à des faux papiers du Honduras… Vous êtes allés à Bergen-Belsen, dont la Croix-Rouge vous a sortis. Oui, on va raconter tout ça. »

Sans ses faux papiers, ma mère mourait gazée à l'âge de quatre ans. Ce mystère me semble cruellement lointain.

Vérifiant sur des sites historiques, cherchant « Vught Kinder Transport », je vois que les enfants du camp de Vught, près des usines Philips, au sud de la Hollande, furent sortis en deux convois. Le premier, le 6 juin 1943, transporta les enfants de moins de quatre ans. Les plus grands partirent le lendemain. Ma mère aurait donc voyagé le 7 ? Je devrais demander à Evelyn, mais est-ce utile ? Je la supplie de ne plus toucher son texte, ne plus rien changer, sinon, comment avancer ? Elle relira ma version. Nous avancerons ensemble ! Je redoute que ses souvenirs la quittent. Je voudrais que son passé redevienne une terre ferme. Mais de quel droit demander cela ?

« Je peux me permettre ? » me dit Evelyn une fin d'après-midi, ayant ramené chez moi Octave qu'elle a gardé pour que je puisse écrire. Ils ont vu *Les Tontons flingueurs* et sont allés faire développer les photos qu'ils ont prises à Naples, où elle l'a emmené l'automne dernier. Maman est une force de la nature, je n'en suis pas peu fier : ils sont venus à pied. Elle peut se permettre, bien sûr.

« Ce que tu as écrit ici, c'est faux ! Que Oma et d'autres femmes avaient renversé leurs gamelles de soupe le jour où Bergen-Belsen avait été bombardé, et qu'elles avaient mangé la soupe à même le sol… Oma ne parle pas du bombardement du camp dans ses mémoires !

— Ah… Mais ce passage, je l'ai repris de ton texte. J'ai simplement recopié ce que tu as écrit…

— Je me suis trompée. Je croyais que Oma parlait du bombardement, mais en fait, elle dit juste qu'un jour, elle a renversé une marmite de soupe qu'elle portait… Le bombardement, elle n'en parle pas !

— Mais pourquoi as-tu écrit ça ?

— Je n'avais pas lu le livre de Oma. J'ai pensé qu'elle en parlait.

— Mais tu l'as cité ?

— Je ne voulais pas le lire pour ne pas mélanger mes souvenirs aux siens !

— Mais tu m'as toujours dit que tu avais fini par le lire pour tes témoignages ?

— Je l'ai lu vite. Je ne voulais pas lire ses pages sur les camps. Tu comprends, je veux mes souvenirs, les miens, pas ceux d'une autre personne…

— Mais tous les enfants vivent dans les souvenirs de leurs parents… Si je sais que j'ai parlé tôt, c'est parce que tu t'en souviens, toi ! »

Evelyn dit souvent qu'à dix-huit mois, je parlais comme un livre. Comment lui en vouloir si pour mes soixante ans, elle me complique la vie.

« Bon. Je réécris la scène alors. Tu ne m'aides pas. Tu l'as lu, maintenant, le livre de Oma ?

— Je l'ai lu hier. »

Je soupire et ce soupir est laid.

Nous sommes huit décennies après l'enfance de ma mère. Elle trame ses récits des sensations qui survivent en elle et des quelques images qui ont traversé le temps. Elle pose ses fragments sur les souvenirs des autres. Ce sont des historiens, des chercheurs. Et donc Oma, *Mammie*, sa mère, Anny, qui avait écrit ses mémoires, forte d'avoir été adulte dans les camps, et forte d'avoir sauvé les siens : Anny dont Evelyn ne se défera jamais de l'emprise.

Le souvenir qui hante Evelyn – sa mère bousculant son père pour qu'il se lève en dépit de sa douleur, et le traîne vers une délégation venue de Berlin pour enregistrer les juifs porteurs de passeports latino-américains, que la Croix-Rouge va sortir du camp – ce souvenir est la plus grande gloire d'Anny. Sans sa petite femme, Jacob aurait manqué l'appel et serait mort ; sans sa mère, qui l'amenait se laver à l'eau froide parce que sinon les poux de corps donneraient le typhus, parce que sinon on ne serait plus humain – sans sa mère, Evelyn n'aurait pas vécu. Cela, nous l'avons toujours su.

Oma était une femme opiniâtre. J'ai mis du temps à admettre que son courage de guerre, et ensuite sa volonté farouche de reconstruire une vie, que la table soit à nouveau cachère et que les chants du Chabbat et des fêtes juives reviennent dans la maison, furent une rente familiale. On lui devait respect et admiration pour nous avoir permis d'exister. J'ai finalement compris – je ne suis pas rapide pour ces choses-là – à quel point Oma avait étouffé les siens.

Evelyn

Je n'avais plus rien écrit depuis mes cinquante ans.

J'ai eu besoin de recommencer, octogénaire, quand *Mammie* est morte, le 8 mars 2019, à la maison de retraite Sarphati Huis, où elle avait été admise après être tombée chez elle le 4 janvier 2018. Elle avait eu cent quatre ans l'été précédent.

Sarphati Huis se trouve dans l'ancien quartier juif d'Amsterdam, dont les habitants furent exterminés, pas loin du zoo Artis où j'ai emmené mes enfants, puis mes petits-enfants, et qui pendant la guerre était interdit aux juifs, et tout près du *Hollandse Schouwburg*, un théâtre transformé en prison de transit, où je fus amenée avec mes parents après notre arrestation, en 1943.

Je passais devant ce théâtre en allant voir ma mère. C'était étrange de me retrouver là.

Mammie s'en allant, je perdais la dernière personne qui avait vécu la Shoah avec moi, et aurait pu me raconter ce que j'avais traversé. Elle ne l'avait jamais fait.

En 2019, j'étais sortie du silence depuis un moment.

Neuf ans plus tôt, une amie s'était mis en tête de me faire obtenir une rente que la France donnait à des rescapés de la Shoah. Elle avait cherché pour moi des preuves administratives de ma déportation : des documents où mon nom figurait avec celui de mes parents. Ces papiers m'avaient bouleversée. Voir mon nom imprimé, et les dates autour de mon nom, matérialisait mon passé.

J'avais quitté Bergen-Belsen le 21 janvier 1945.

J'étais passée par Vught du 26 mars au 6 juin 1943, et par Westerbork du 7 juin 1943 au 15 février 1944.

C'était écrit. C'était bien moi. Ce qui m'était arrivé m'avait rejointe.

Il m'a fallu du temps encore, cinq ans, pour aller vers les autres, munie de mon histoire. En 2016, j'ai entrepris de partager mon destin de petite fille à des enfants d'aujourd'hui. Mais l'histoire que je transmettais dans les écoles n'était pas simplement la mienne : mes souvenirs réels n'auraient pas suffi à nourrir mes conférences. Je racontais aux enfants ma famille d'avant, ces juifs d'Allemagne qu'on surnommait les *Yekkes*, surnom venu du mot *Jacke*, veste, car ces juifs plus allemands que nature étaient réputés sérieux jusqu'au ridicule, boutonnés, tenus ; je venais de ce monde. Je leur racontais la montée vers la guerre, les juifs menacés dont les pays civilisés n'avaient pas voulu à la conférence d'Évian en 1938, l'année de ma naissance. C'était la grande histoire que je leur passais. Ce qui me touchait directement, j'avais dû le retrouver et l'apprendre, comme étrangère à moi-même.

En 1996, *Mammie* avait écrit un livre sur son enfance, son mariage et notre déportation. Elle l'avait écrit en français, poussée par Roger, mon mari. J'avais tourné autour de ce livre sans oser le lire. J'espérais y trouver ce qu'elle ne m'avait jamais dit – et en même temps j'avais peur que ses mots prennent la place de ma mémoire.

Mammie est née le 30 juillet 1914 à Speyer, en Rhénanie, dans une famille de juifs allemands libéraux. Sa grande sœur Else, très belle et de sept ans son aînée, lui disait que sa naissance avait causé la guerre : c'était de sa faute si leur papa était parti soldat. Il s'appelait Julius Seligmann. Il revint en 1918 avec la Croix de fer en argent, la *Ritterkreuz*. Il avait été interprète sur le front russe puis en France. *Mammie* eut du mal à s'habituer à son père. Elle ne le connaissait pas. Hitler prit le pouvoir après son baccalauréat. *Mammie* ne put pas étudier le droit comme elle avait rêvé. Elle ne serait jamais juge pour enfants.

En 1998, *Mammie* retrouva Speyer. Son livre, *Une jeunesse allemande,* avait été traduit en allemand dans un club du troisième âge. On le publiait, préfacé par le maire de la ville, qui invita l'autrice, Anny Sulzbach Seligmann, au lancement de *Eine deutsche Jugend, Speyer – Bergen-Belsen*. Je l'accompagnai, accompagnée moi-même de Claude et Roger.

J'étais inquiète pour *Mammie* : retourner dans sa ville natale après soixante ans pouvait la rendre malade. En fait, elle rayonnait. La fête et les honneurs la ravissaient. C'était moi qui ne supportais pas cette *Stadt* aux maisons bleu pâle, roses, jaunes, une ville *gemütlich* pimpante et accueillante comme si rien n'était arrivé. Un journaliste local s'était tourné vers moi : « Et vous Madame, que pensez-vous de ce livre et de la cérémonie ? » Ma réponse avait fusé : « Je pense que l'Allemagne est un pays maudit où aucun juif ne devrait mettre les pieds ! » *Mammie* était fâchée. Elle m'avait ensuite dit qu'elle ne m'emmènerait plus jamais nulle part. Je lui avais répondu que je ne viendrais plus jamais.

Claude

Quand j'étais petit, en famille, nous disions « Spire » pour Speyer, donc en version française, ce qui n'était pas illégitime : la ville avait été une sous-préfecture de l'Empire de Napoléon !

Je me souviens qu'Evelyn était assez fière de son scandale de Spire. Je la soupçonne aussi de ne pas avoir été mécontente de gâcher la fête de sa mère. Je lui ai posé la question l'autre jour. Elle prétend que non. Papa et moi avions apprécié cette querelle d'Allemandes. De notre équipée rhénane, je garde une photo de nous deux, Roger et Claude, père et fils, hilares, faisant les Français dans la rue. Nous étions en costume et cravate, infiniment joyeux. Evelyn a immortalisé notre joie ; je ne vois pas qui d'autre aurait pu prendre la photo. Je la poste sur les réseaux sociaux aux anniversaires du décès de Papa – le 27 novembre – ou le jour de sa naissance – le 11 janvier : j'aime ce qu'elle montre de nous.

Je me rappelle aussi être allé à la piscine municipale, je nageais beaucoup à l'époque, en joli trentenaire. L'eau était fraîche et les faïences datées.

Je n'étais pas seulement égoïste ; j'avais bien dû sentir le malaise de Maman ; elle me dit que je l'avais entraînée dans une promenade au bord du Rhin, ce qui ne l'avait pas apaisée. Cela me revient. J'étais curieux de voir la baignade où Oma, petite fille, avait appris à nager dans des bassins remplis de l'eau, non filtrée, du fleuve (elle nous le racontait) : je trouvais cette idée du *Bad im Rhein* délicieusement allemande : je me demandais si – finalement – j'avais quelque chose en moi de ce pays oublieux. C'est une question qui me travaille parfois, comme la chanson de Goldman. « Aurais-je été meilleur ou pire que ces gens, si j'avais été allemand ? »

Une vieille dame avait interpellé Oma : elle se souvenait d'elle, Anny Seligmann, à l'école ! Elle s'était toujours demandé pourquoi elle était partie ! Oma ne l'avait pas reconnue, la vieille était vexée. Le nazisme avait-il existé ? La municipalité avait fait réparer un bain rituel juif du Moyen Âge – époque obscure où les juifs furent parfois accueillis, parfois chassés de la ville. Maman ne s'attardait pas aux vieilles pierres, ni n'avait regardé le fleuve ; elle avait simplement peur d'être en retard à la cérémonie que le maire chrétien-démocrate organisait pour Oma. Elle voulait trop bien faire. Je ne l'avais pas aidée.

À la fin du XXe siècle j'étais un garçon insouciant. Je ne devinais pas que je serais un jour veuf, vieux ou orphelin. Cela faisait un moment que nul n'était mort dans nos maisons. Nous sourions en famille des aventures de Oma. Elle avait été prise du besoin d'écrire après la mort de mon grand-père, en 1982. Elle avait alors soixante-huit ans. Je n'en suis pas si loin.

Ce fut d'abord un essai sur le liberté des veuves, qu'elle ne fit lire qu'à des proches. *(Il perturba Evelyn : comment sa mère pouvait-elle tant aimer la vie, quand* Pappie *était parti ? Depuis, Evelyn elle-même, et moi-même, avons appris que la joie existe encore après la mort de l'autre.)* Oma écrivit ensuite ses mémoires de jeune fille allemande et de femme déportée, *Une jeunesse allemande*, le livre publié par la mairie de Spire. Puis d'autres mémoires, qui racontaient, sous forme de lettres, le retour en Hollande de la famille Sulzbach, et la vie qui se reconstruirait, et dont le titre, quand j'y songe, est très triste : *Terug maar niet thuis* : « de retour, mais pas à la maison ». Suivrait un conte pour enfants, *La Cigogne et la Girafe*, qu'une librairie de la Beethovenstraat, la grande rue près de chez elle, afficha en vitrine. Oma nous dédicaçait ses livres. Elle était un auteur (on ne féminisait pas encore les mots) et pas peu fière. Papa avait publié des romans, j'écrivais des essais, nous étions journalistes ; elle nous traitait en collègues. Nous trouvions cela délicieux.

Nous taquinions Oma de se mettre en scène. Ce n'était pas gentil, mais pas si grave : ce n'était jamais devant elle. Elle était contente d'elle-même avec une grâce enfantine. Elle ramenait nos discussions à elle ; tout lui était arrivé ; je la surnommais « *Gam ani* », ce qui signifie « moi aussi » en hébreu. Ma sœur Myriam riait. Ma femme Valérie riait mais nous trouvait cruels.

Oma avait-elle peur qu'on l'oublie ? Elle avait une machine à écrire électrique, elle passa au traitement de texte, Internet n'était pas loin. Nous la rejoignions à Amsterdam pour fêter ses décennies. En 1994, pour ses quatre-vingts ans, elle avait loué un bateau-mouche qui descendait les canaux. Camille, ma fille, pas encore trois ans, avait giflé une de ses amies, madame Bio, qui lui faisait des risettes non sollicitées, et qui avait donc survécu à Bergen-Belsen pour subir cela. Nous avions ri encore, peut-être un peu trop pour que cela soit sans arrière-pensées. Maman avait ri aussi.

Dix ans plus tard, c'était dans le jardin de Oma qu'on célébrait ses quatre-vingt-dix ans : Myriam, dont le mari Dov était de Mogador, devenue Essaouira, et Valérie, dont la maman était de Meknès, avaient préparé un couscous marocain – ce qu'on n'avait jamais vu au 31 Holbeinstraat et peut-être même dans toute cette rue du Zuid, le paisible quartier sud d'Amsterdam. Dix ans encore et Oma aurait cent ans ; une escouade d'aides ménagères veillait sur elle – à Paris nous les appelions parfois « les bonnes », dans une inconscience bourgeoise – que rémunérait l'héritage argentin de Else, la sœur aînée de Oma, qui avait fui la Shoah hors d'Europe et avait réussi dans la vie.

Oma eut cent ans. Elle nous enterrerait tous – nous faisions mine de le croire. Jacob, son homme, était parti depuis si longtemps. Dov, en 2008, puis Valérie, l'année suivante, étaient morts avant l'âge, laissant veufs les enfants d'Evelyn et orphelins ses petits-enfants. Roger, mon père, était parti en 2011 : Oma était toujours là.

Quand Papa vivait encore, pris au piège par Alzheimer, un cœur défaillant et des articulations grippées, Oma se sentait délaissée par sa fille, qui campait près de son homme et ne venait guère la voir. Elle le lui disait. Veuve, Evelyn eut plus de temps pour sa mère. Elle allait à Amsterdam, pleine de remords et de ressentiment. Oma était entêtée et coquette ; elle menait la vie dure aux bonnes ; Evelyn était excédée. Elle me le disait. Entre ces deux vieilles dames se jouait une partie cruelle. Oma attisait le remords d'Evelyn. Evelyn s'en voulait d'être partie si loin, et d'avoir finalement si peu de plaisir à revenir chez elle. Chez elle ? Absurde. Paris était chez elle. Elle s'était mariée et exilée en France à vingt ans. Elle n'aurait jamais fini de payer.

Evelyn

J'ai fini par lire le livre de *Mammie*, par petits morceaux, en me laissant du temps. Je ne voulais pas que sa mémoire prenne la place de mes absences. Puis j'en ai eu besoin. C'est par son livre que je sais que j'avais pleuré quand on était venu nous prendre, rue Botticelli, et que j'avais été séparée de mes parents en arrivant au *Hollandse Schouwburg*: les enfants étaient logés dans un bâtiment de l'autre côté de la rue. Dans cette « crèche », nous dormions sur des matelas alignés : cela, je le sais par une amie d'enfance, ma plus vieille amie, Lonnie, qui comme moi était passée par le *Schouwburg*, et qui comme moi survécut (plus précisément, Lonnie a survécu autrement que moi : elle fut sortie du *Hollandse Schouwburg* par sa baby-sitter déguisée en infirmière, puis cachée dans le sud de la Hollande). Je n'ai, par moi-même, aucune trace consciente de cet arrachement.

De mes premières années, avant les camps, il me reste le souvenir d'un petit jardin où je cueillais des trèfles et jouais avec des chats. C'était celui des voisins du rez-de-chaussée, rue Botticelli, qui avaient le courage de nous rendre visite et de nous inviter chez eux. La Hollande avait été envahie juste avant mes deux ans. Les nazis et leurs collaborateurs dirigeaient le pays. Nous étions devenus des parias, soumis au couvre-feu, en attendant d'être pris. Je me souviens aussi que je hurlais la nuit, quand des avions survolaient Amsterdam et les sirènes se déclenchaient. Étaient-ce des avions nazis allant bombarder Rotterdam en 1940, ou, plus tard, des avions anglais volant vers l'Allemagne ?

(Dans ses mémoires, ma grand-mère écrit que c'étaient bien les avions anglais qui terrifiaient Evelyn, qui se réveillait la nuit en criant « Luchtalarme, luchtalarme », *alarme aérienne, et il fallait la rassurer pour qu'elle se rendorme.)*

Je me souviens également d'un autre bombardement – mais plus tard, en 1944, à Bergen-Belsen. Des avions américains s'étaient trompés de cible et avaient visé le camp. J'étais seule, je voyais les avions qui lâchaient leurs bombes à basse altitude, dans un vacarme effrayant. Je pensais que ma mère allait mourir sous les bombes. Puis les avions sont partis. Ma mère est revenue.

Dans son livre, *Mammie* ne parle pas du bombardement du camp. Je l'ai cru pourtant et je l'ai écrit. Puis j'ai lu vraiment son livre, je m'étais trompée.

Mais pourquoi ma mère ne raconte-t-elle pas ce qui m'avait terrifiée ?

J'ai parfois des doutes sur ce qui m'appartient vraiment.

Je sais que les bombardements sont à moi. Il y a quelques années, un petit avion de tourisme est passé au-dessus du jardin de ma maison de campagne, dans la Beauce. À son bruit – sans m'en apercevoir d'abord – je me suis recroquevillée. Je me suis relevée en souriant – je me moquais de moi-même – mais je n'étais pas triste : mon souvenir était donc là.

J'ai demandé à Francine Christophe, qui préside en France l'association des anciens de Bergen-Belsen, si elle aussi se rappelait le bombardement du camp. Elle s'en souvenait : les bombes qui tombaient, le boucan effrayant. J'étais contente d'avoir un vrai souvenir. Mais Francine se souvient d'un bombardement nocturne, quand ma frayeur, à moi, était en plein jour : autrement, je n'aurais pas été seule dans la baraque, sans *Mammie* ?

Claude

Je n'ai pas peur de la déportation de ma mère. J'ai dépassé cela.

Adolescent, chez mes grands-parents en Hollande, je m'abîmais dans une photo d'Evelyn âgée de trois ans, prise donc quelques mois avant qu'elle soit capturée avec ses parents. Elle était une fillette jolie en cardigan de laine, les yeux grands ouverts sur le monde, les traits un peu flous, comme parfois sur les photographies des morts. Je contemplais ma mère potentiellement morte. Les larmes me venaient. Je les appelais. C'était ma manière d'aimer.

De vrai, la photo disait le contraire de la mort. C'était un agrandissement d'une photo d'identité – d'où le halo de flou – sans doute prise pour les vrais-faux passeports latino-américains qui allaient sauver ma mère et ses parents. Le portrait d'Evelyn se trouve dans un album photo de vieux cuir, qui aura traversé les âges et la guerre. Une jeune femme l'avait conservé quand les Sulzbach furent déportés (ce qui était précieux dans l'appartement, en revanche, fut volé par des voisins). Elle s'appelait Jaantje. Elle avait juste passé l'adolescence et faisait le ménage. Après-guerre, elle rendit l'album à mes grands-parents, et aussi une couette qu'elle avait gardée, qui fut précieuse dans le froid du retour. Il semble que je l'aie connue, toujours femme de ménage de ma famille qui l'aimait comme une bienfaitrice : elle avait sauvé notre mémoire.

L'album commence avec Evelyn, poupon cerné de dames et de messieurs en vêtements de bons draps dans une ville minérale – Amsterdam dont les trottoirs sont faits de larges pavés plats. Ces dames et messieurs juifs, qui entourent ce bébé qui sera ma mère, ont fui l'Allemagne pour l'illusion d'une paix hollandaise. Les portraits de famille s'interrompent après la photo d'Evelyn aux grands yeux et au cardigan. À la page suivante, des années se sont éclipsées. Evelyn a huit ans, de bonnes joues et elle saute à la corde. C'est l'après-guerre. Les dames et les messieurs bien habillés, les uns se sont exilés aux Amériques, les autres sont morts ; la mère de mon grand-père (mon arrière-grand-mère donc, mais je n'ai jamais vraiment réussi à imaginer cette femme à l'air triste comme étant de ma famille) est en cendres du côté de Sobibor. D'autres survivent dans la Hollande qui prétend continuer, que le nazisme a vidé de ses juifs, sauf quelques-uns, bien rares : ainsi, cette fillette joufflue et ses parents subtilement vieillis.

Ce n'est que ça, la guerre ? Entre les deux photos, Evelyn était dans les camps. À la regarder sourire dans les rues inchangées d'Amsterdam il n'y paraît rien. Seule l'imagination remplit le vide entre deux pages de l'album.

Si j'ai ressenti le destin de ma mère, c'est à ce moment, dans le salon de mes grands-parents, qui semblait – j'y repense – une transposition de leur Allemagne détruite ;

le fauteuil un peu massif de mon grand-père, Goethe et Schiller et Heine reliés dans la bibliothèque, et reliés aussi de vénérables livres de prières juifs, que j'évitais de toucher (j'ai une répugnance pour les papiers trop vieux, comme si je redoutais, les feuilletant, de toucher des fantômes), livres dont je ne sais plus s'ils avaient traversé la guerre eux aussi, ou si Opa et Oma les avaient achetés en revenant des camps, pour prier à nouveau, si prier aide à vivre. Un ordre gentil, sucré comme la tarte aux pommes, *Apfelstrudel*, aux *Streusels*, ces petites boules de pâte cuite, que Oma cuisinait, un ordre immuable qui me semblait, dès l'enfance, désuet, joyeux, poignant, familier et étranger.

Des vendredis soir à la fin du samedi régnait le Chabbat, que Dieu instaura après avoir créé le monde en six jours et que les Sulzbach respectaient avec ténacité. Une mécanique subtile réglée sur l'obscurité coupait et rallumait automatiquement les lumières auxquelles nous ne touchions pas ; j'accompagnais mon grand-père à la synagogue de Jacob Obrechtstraat, peuplée de juifs allemands qui me saluaient dans un français emprunté, et puis psalmodiaient comme Opa, que je ne savais pas suivre et imitais maladroitement, me balançant au rythme de son chant.

Avant les repas, à la maison, des prières, des bénédictions sur le vin, sur le pain, et après les actions de grâce, que mon oncle Jules, petit frère de ma mère, barbichu et costaud, chantait très vite d'une voix qui glissait dans les aigus. Ma mère reprenait un cantique dont les premiers mots étaient « *Chir hamaalot* ». J'aimais sa joie au moment des chants, ces retrouvailles avec son enfance, quand le reste du temps, à Amsterdam, elle semblait sur ses gardes, redoutant que nous, ma sœur et moi, mon père surtout quand il nous retrouvait, la fassent d'un impair se sentir irrémédiablement, chez elle pourtant, une exilée.

Petit garçon, Amsterdam était mon autre monde. Nous prenions gare du Nord des trains d'avant la grande vitesse, des wagons verts aux compartiments décorés de photos en noir et blanc de provinces européennes. Nous passions par des gares que désormais le Thalys ignore : Aulnoye, Saint-Quentin, et puis Rosendaal, première halte hollandaise où Maman descendait sur le quai – avais-je peur qu'elle ne remonte pas à temps – ou bien se penchait par la fenêtre pour commander au vendeur ambulant *een kopje koffie* : sa première tasse de café hollandais. Je pense qu'elle avait besoin de ce rite pour se remodeler au goût de son pays : se dépouiller de sa vérité de jeune mère parisienne et retrouver la patience et les sons, et supporter la cruauté tendre des retrouvailles.

Evelyn et moi étions semblables. Ça ne date pas d'aujourd'hui. Nous aimons, mais aimons aussi par devoir, et conjurons nos mauvaises pensées. Moi aussi – petit écolier français – j'appréhendais, gare après gare, l'approche de ce monde gentil et gauche, la famille de ma mère : « Opa, Oma et Tonton Jules », écrivais-je sur les cartes postales que nous leur envoyions de Normandie en août, du ski en février. Les Sulzbach vivaient rue Holbein, Holbeinstraat. Dans le Zuid, les rues portaient souvent des noms de peintres et de musiciens : les Holbein furent une dynastie de peintres allemands et suisses aux prémices de la Renaissance, mais j'ignore si la rue doit son nom à Hans l'ancien, Hans le jeune ou à son frère Ambrosius.

Holbeinstraat me semble aujourd'hui une enfilade de maisons de poupées, toutes de brique rouge sombre, cerclées de jardinets, mais enfant, la maison de mes grands-parents, au 31, était une aventure, par son sas d'entrée qui abritait le vélo de mon oncle, par ses deux étages (nous vivions à Paris dans des trois-quatre pièces, mes parents dormaient sur un canapé-lit), par la hampe au-dessus de la porte d'entrée qui invitait aux jours de fête à pavoiser aux couleurs de la maison d'Orange, et par son grenier poussiéreux (juste à côté de la chambre où ma mère avait dormi, lycéenne, près d'une lampe de chevet en métal peint).

Dans ce grenier, Opa faisait tourner un train électrique de marque allemande. Son Fleischmann semblait plus solide que les trains de la marque Jouef que l'on m'offrait à Paris. On y trouvait aussi des puzzles, un jeu du moulin, une balançoire accrochée à une poutre, un *sjoelbak*, le billard hollandais dont on fait glisser les palettes de bois vers des encoches numérotées pour compter les points (et que j'ai fini par rapporter chez moi à Paris).

L'après-midi, Opa (bel homme dont je ne me souviens qu'en chemise blanche, et qui fumait des cigares venus de Sumatra, qu'il ouvrait lui-même avec un outil argenté) faisait la sieste et je devais chuchoter. La télévision était enfermée dans un coffrage de bois, de toute manière incompréhensible avec ses films en anglais sous-titrés en néerlandais. Oma nous inventait chaque été les mêmes escapades. Le Rijksmuseum et sa *Ronde de nuit* de Rembrandt et les fêtes paysannes de Jan Steen, ses beuveries dans des maisons jonchées de coquilles d'œuf; et le musée Van Gogh, regarder *Les Corbeaux* et se dire que c'était son dernier tableau,

Vincent s'était tué ensuite ; acheter des cadeaux dans la rue aux veaux, Kalverstraat, près du monument du Dam ; savoir en enjambant les canaux que les demeures du XVIIe siècle étaient plus belles sur le Keizersgracht, le quai de l'Empereur, que sur le Prinsengracht, le quai des Princes, mais plus belles encore sur le Herengracht, le quai des Seigneurs : ces administrateurs de la Compagnie des Indes orientales, qui avaient fait des Provinces-Unies une puissance rivale de Louis XIV.

J'ai grandi dans l'idée d'une Hollande vaguement préférable à la France, par le prestige de sa peinture (mais pourquoi, à Paris, n'allions-nous pas au Louvre ?), comme par le football de l'Ajax Amsterdam dont c'étaient les grandes années, trois coupes d'Europe de rang entre 1971 et 1973, et dont je comprenais que nous étions proches : l'Ajax était un club aux vieilles origines juives. Son ailier droit, Sjaak Swart, était juif, comme le président du club Jaap van Praag *(van Praag avait survécu à la guerre caché dans la famille d'un joueur, quand Swart, né en 1938 comme ma mère, traversa l'occupation avec son père, vendeur de harengs sur les marchés, sans être repéré comme juif).*

Ma grand-mère avait aussi croisé l'épouse de Johan Cruijff, l'incomparable meneur de l'Ajax, chez le gynécologue.

Dans la rue les Hollandais étaient grands. Ils pédalaient dans le froid. Un jour, les canaux gèleraient, et je ferais du patin sur la glace, comme Maman petite. Le vent était coupant. Nous marchions contre lui, descendant Holbeinstraat, ma mère, ma sœur et moi. Evelyn chantait : « Vilain vent, on t'aime pas, on te dit ba ba ba ba. »

Je ne sais pas pourquoi j'ai gardé cette chanson.

Chez ses parents, Evelyn ne ressemblait pas à la mère parisienne que je connaissais. Je me sentais chafouin. Ma sœur était plus jeune et plus simple, câline, c'était facile, elle écoutait, souriait. J'étais déplacé. À table, le Chabbat, je chantais à l'unisson des autres. J'avais bonne mémoire et à force de vacances hollandaises (une semaine à Pâques, quatre semaines l'été, une semaine l'hiver) les paroles m'imprégnaient. Mais je ne prononçais pas l'hébreu comme mon grand-père : mes « a » étaient ses « o », mes « t » chez lui des « s », et de ma gorge s'échappaient des consonnes gutturales. Opa chantait les prières à la façon des juifs de l'Est, quand en France les séfarades avaient imposé leur prononciation. Les cours de judaïsme où l'on m'avait inscrit, petit Parisien sans désir mystique ni caractère affirmé, n'avaient pas réduit la distance entre Opa et moi – au contraire : il soupirait de mes rugosités.

J'avais essayé en vain. J'avais prétendu, avec ma mère, pour ma mère et contre mon père, Français laïque vexé qu'on me tente de simagrées, que je voulais apprendre la religion. Au Talmud Torah, je m'ennuyais. J'aimais bien que Maman m'attende après les cours, les jeudis matin, et me paye un sandwich à la mortadelle dans une échoppe cachère du faubourg Montmartre. C'étaient nos bons moments. Dieu n'y était pour rien.

Je ne sais pas si j'en voulais à Opa de ne pas le rendre fier, ou si j'en voulais à mon père, sioniste socialiste et républicain, de m'avoir modelé à son impiété. Je tournais autour de mon grand-père, tenté, effarouché, méfiant ; à son imitation je collectionnais des timbres et construisais des puzzles ; Opa se rasait avec un Philips électrique quand Papa se faisait les joues douces au blaireau et Gillette mécanique. Parfois la lame entaillait sa peau que des petits bout de coton décoraient.

Papa nous rejoignait l'été. En terre batave, il semblait moins formidable qu'à Paris. Nous nous promenions tous les deux près du canal. Il m'apprendrait plus tard un mot de Voltaire, qui n'aimait pas la Hollande : « Canaux, canards, canailles. » De quel côté étais-je ?

De mes souvenirs d'enfance, il reste une absence. La Shoah ne faisait pas partie de nos paysages. Par la piété des Sulzbach, Amsterdam me paraissait une terre juive. Personne ne m'avait dit que les nazis avaient effacé les juifs des Pays-Bas, aussi pleinement qu'ils avaient éradiqué le judaïsme polonais. Enfant, on n'a pas le sens des proportions. Comment aurais-je deviné que les vieux messieurs qui m'entouraient à la *shoule* étaient des miraculés statistiques, comme mes grands-parents et comme ma mère.

Je le savais pourtant : « Ma mère a été dans un camp de concentration. » Il m'arrivait de le dire à des copains, qui n'avaient pas l'air plus émus que ça – pas plus émus que moi. Aurait-il fallu donner des détails ?

Quand le train d'Amsterdam franchissait les ponts sur le Rhin, vers Rotterdam ou La Haye, Maman nous disait que Opa, prisonnier, avait travaillé sur ces ponts pendant la guerre. Je réclamais cette anecdote à chaque voyage. « C'est ce pont que Opa a construit ? » Mon grand-père avait donc été un travailleur de force. Evelyn affirme aujourd'hui que je me trompe, et qu'elle n'avait pas pu me dire cela : Opa avait été envoyé sur ces ponts avec d'autres juifs déportés afin de les saboter. J'ai vérifié : les Allemands firent effectivement sauter les vieux ponts ferroviaires à la fin de la guerre afin de ralentir l'avancée des Alliés. Il n'empêche : ou bien Maman racontait mal, ou bien j'avais retenu ce que je souhaitais entendre : un récit de surhomme et non pas de victime.

J'ai appris la Shoah sans ma famille. La fiction joua son rôle. Je fus marqué par Dov Landau, un adolescent juif polonais revenu de Birkenau où il avait survécu en sortant les cadavres des chambres à gaz et en servant de jouet sexuel aux nazis, devenu le plus désespéré des combattants sionistes dans *Exodus*, un livre de Leon Uris sur la naissance de l'État d'Israël – livre qui fut adapté au cinéma par Otto Preminger.

Je lus aussi Anne Frank, petite fille vraie et de légende, ce qui est une narration plus noble que la fiction. Je n'en fus pas traumatisé. Il me manquait l'imagination pour faire le lien entre les rêves de Hollywood d'une fillette cloîtrée et le supplice de sa fin. Il se peut que j'aie envié Peter de l'avoir embrassée. Pourquoi pas ? Philip Roth – son double littéraire Zuckerman – fut bien amoureux d'Anne Frank, persuadé qu'elle avait survécu sous le nom d'Amy Belette pour devenir l'amante d'un écrivain en Nouvelle-Angleterre. Le parcours d'Anne Frank, d'Amsterdam à Bergen-Belsen, faisait d'elle un personnage familier – une sorte de compagne de voyage d'Evelyn. Maman l'avait-elle connue ? Je ne crois pas avoir posé la question.

Je ne crois pas avoir *jamais* posé de question.

M'aurait-il raconté, mon grand-père, ce qu'il avait ressenti au camp de Westerbork, en amenant sa mère au train pour Sobibor – et ce qu'il cauchemardait dans ses siestes, quand je le regardais en silence ?

J'ai aussi lu *Le Choix de Sophie.*

J'ai essayé – en grandissant – de m'approprier le passé de ma mère. Elle ne m'y encouragea pas. Evelyn prétend qu'un été, je lui ai montré l'album photo, et ce vide qui me terrifiait – les trois années sans images entre la petite fille au cardigan et la gamine poupine à la corde à sauter. Je lui aurais dit, « c'est terrible ». Espérais-je quelque chose ? Evelyn ne voyait pas en quoi c'était terrible. Il n'y avait pas de photos, forcément, on ne l'avait pas photographiée dans les camps ! Elle n'y voyait pas malice.

Je n'ai pas de souvenir de cette conversation. Elle, si. Parlez de mémoire partagée.

Je me souviens en revanche de trois crises de larmes, jeune adulte, où ma mère joua son rôle, sans qu'elle le sache jamais.

La première date de mes vingt-deux ans. J'avais résolu, c'était une pauvre mode, d'échapper au service militaire, pas encore aboli, et m'étais présenté au centre d'appel (on appelait cela les trois jours) dans un état second, sevré de sommeil et imbibé de café. Les militaires – qu'ils me pardonnent – nous avaient projeté un film sur l'utilité de la Défense nationale pour préserver le pays du malheur : on y voyait des images des camps. Cela, puis la perspective d'une douche, me fit perdre la raison : au cours de Vincennes, tout recommençait, on allait me gazer. Je sanglotai et fus exempté, et dans le regard du major, je vis un juste mépris.

Une poignée d'années plus tard, en 1990, dans un McDonald's de la rue du Renard, près de Beaubourg, j'affirmai à Valérie, qui allait m'épouser, que nous n'aurions pas d'enfants, puisque les nazis finiraient par les tuer.

Au printemps 2005 enfin (entre-temps devenu père de famille), parti en reportage en Pologne (quand le mythe du « plombier polonais » qui allait remplacer nos artisans empoisonnait la campagne d'un référendum européen), je fis un détour par Oswiecim, près de Cracovie, afin de voir Auschwitz, que je ne connaissais pas. J'avais peur de souffrir. Je me souvenais que Valérie était revenue en miettes d'une visite du camp, où elle avait accompagné des enfants et des ministres : elle avait une vie militante et trichait moins que moi quand elle était blessée. Je ne m'attendais pas à pire que la peine. Dans le doux printemps polonais bercé de chants d'oiseaux, je ne ressentis rien.

Le camp d'Auschwitz lui-même, saturé de visiteurs, n'était qu'un musée qui se ressemblait trop : la trop célèbre phrase du portail, « Arbeit macht frei », me semblait un déjà-vu. L'étrangeté me poursuivit à Birkenau, le camp de l'extermination. Pour sortir de mon apathie, j'entrai dans une baraque et contemplai les lits de bois alignés, et là j'invoquai ma mère ; je la vis – mignonne en cardigan – et enfin je pleurai.

Evelyn

Mon père venait de Francfort-sur-le-Main. Enfant, il était très turbulent ; jeune homme, il adorait chanter, il avait une très belle voix de basse, il avait pris des cours et rêvait d'être chanteur d'opéra. Ce n'était pas possible : un juif pratiquant ne pouvait pas devenir un artiste lyrique ! Le vendredi soir, après le repas du Chabbat, il s'éclipsait pour aller à l'Opéra. Pour ne pas transgresser, car on ne manie pas d'argent le jour du repos, il avait acheté son billet à l'avance.

Il patinait l'hiver et l'été nageait dans la rivière. Il appartenait à un club d'athlétisme et courait le 100 mètres. Mais je ne l'ai jamais vu, moi, patiner sur la glace, ni faire du vélo, ni nager, ni même se mettre en slip de bain sur la plage. C'est ma tante Else – la sœur de *Mammie* – qui m'a raconté l'homme joyeux qu'était mon père avant d'être brisé.

De ce qu'il avait aimé, il n'avait gardé après-guerre que son amour de la musique. Il chantait des airs de *Don Giovanni* avec une amie qu'on appelait « Schapi », qui avait été déportée en même temps que nous, et qui m'avait appris à lire après Bergen-Belsen. C'est en écoutant mon père chanter que j'ai deviné ce que j'avais perdu.

Claude

J'ai connu Schapi, diminutif de Schapira, son nom de famille, vieille dame vivant à Tel Aviv, sur le boulevard Ben Gourion qui se dirige vers la mer. Nous nous promenions. Je me souviens qu'elle pouvait me prendre le bras, ce qui me perturbait : ma grand-mère, à Amsterdam, me saisissait pareillement. La gémellité des gestes suggérait une histoire partagée, trop dense pour moi. Après tout, j'étais en vacances. Je me promenais avec Schapi par reconnaissance ; elle avait été une adulte importante pour ma mère et un témoin de ma famille. Mais ce témoin, je ne l'interrogeai pas.

Myriam me dit que Schapi lui parlait beaucoup des camps, et d'Evelyn dans ces camps. Mais Myriam lui posait des questions. On pourrait penser que ma sœur serait plus apte que moi à écrire ce livre ? Mais j'ai plus à apprendre qu'elle. C'est une motivation.

L'Opéra de Francfort où se faufilait mon grand-père avait été inauguré en 1880. Son style néo-classique avait impressionné l'empereur Guillaume (le même qui neuf ans plus tôt nous prit l'Alsace-Moselle). On l'appelle désormais le *Alte Oper*, le vieil opéra. En 1937 s'y donna la première de

Carmina Burana de Carl Orff, qui accompagne les chevaliers de la Table ronde dans *Excalibur* de John Boorman, que je vis adolescent. J'ignorais alors que Carl Orff – sans conteste un génie – avait paisiblement composé sous le nazisme : hors contexte, le génie. En 1937, l'amoureux d'opéra Jacob Sulzbach avait déjà quitté Francfort pour la Hollande. Sa fille Evelyn naîtrait l'année suivante. L'Opéra fut rudement bombardé en 1944 (Jacob Sulzbach devait se trouver à Bergen-Belsen avec sa famille) et rénové après-guerre, ré-inauguré le 28 août 1981 avec la symphonie numéro 8, dite « des Mille », œuvre d'inspiration chrétienne de Gustav Mahler, compositeur né juif autrichien qui s'était converti pour que l'antisémitisme n'obère pas sa carrière : une illusion.

« *Ich weiss nicht, was soll es bedeuten, dass ich so traurig bin* », je ne sais d'où me vient une telle tristesse, écrivait Heinrich Heine, qu'on appelait Henri en France où il vécut et mourut, et qui lui aussi s'était converti, « un passeport pour la société européenne », disait-il, mais il demeura juif aux yeux des autres. Maman me dit que mon grand-père l'aimait passionnément.

L'été 1981, celui de la renaissance de l'Opéra de Francfort, Jacob Sulzbach et son épouse Anny avaient marié, à Amsterdam, à une demoiselle Carla, leur fils Jules, né après la guerre, en 1950, et qui avait souffert en son enfance de ne pas avoir été déporté avec ses parents et sa sœur aînée : il se sentait exclu du silence de sa famille.

Jacob est mort le 7 janvier 1982, quelques mois après le mariage de son fils. Il s'était réveillé vers la fin de la nuit et s'était senti mal. Maman était montée me prévenir, dans la chambre de bonne où je dormais, puis était partie seule à Amsterdam où je l'avais rejointe dans la journée pour l'enterrement ; l'air était aussi glacé que moi. Dans une seule vie, on peut se faire voler plusieurs fois.

Je réalise que Opa, Jacob, né en 1904, était de la génération du premier film parlant. *Le Chanteur de jazz*, sorti en 1927, racontait l'histoire, à New York, d'un fils de rabbin orthodoxe qui devenait, visage grimé de noir (je sais les infamies que porte le *blackface*, mais pour un moment je renonce à juger le passé), chanteur dans des boîtes new-yorkaises. Jacob aurait peut-être dû braver ses parents et tenter l'Opéra. À la fin du film, son père mourant, le chanteur – joué par l'immensément populaire Al Jolson, lui même jazzman juif – quittait sa boîte de jazz pour entonner à sa place le *Kol Nidré*, ce chant solennel qui ouvre la fête de Kippour.

Evelyn, à qui je fais part de ces coïncidences, me dit que Jacob, cette même année 1927, avait manifesté contre l'exécution, en Amérique, des anarchistes Sacco et Vanzetti, injustement accusés de meurtre, et qui furent une cause mondiale.

J'aime l'idée que Jacob, à qui je n'ai pas parlé, ait appartenu à l'histoire du monde autrement que par la Shoah. Et j'aime aussi ce que m'a dit mon oncle Jules (juste avant que je finisse ce livre), que Jacob avait quitté l'Allemagne pour la Hollande en 1932, un an avant l'arrivée des nazis, donc, pour travailler dans de sages espérances, loin de la peur qui patienterait.

Je me souviens qu'effectivement, Opa chantait parfois, et que depuis sa mort, Evelyn a du mal avec l'opéra.

Evelyn

Chaque année, pour la fête de Pourim, je ressors un livre centenaire : la *Meguila*, le livre d'Esther, traduit et annoté en 1904 – l'année de la naissance de mon père – par mon arrière-grand-père, le professeur Abraham Sulzbach, qu'on appelait dans ma famille le *GrossPapa Sulzbach*. C'est dans ce livre que je suis l'histoire du complot ourdi contre les juifs par le terrible Aman, ministre de l'empereur de Perse, qui fut déjoué par le courage d'Esther, épouse juive de l'empereur.

Le *GrossPapa* était un érudit et un bon vivant. Professeur d'histoire au lycée juif de Francfort, il avait déclaré son amour à une de ses élèves à la fin de l'année scolaire, en demandant, dans les formes, sa main à ses parents. Celle qui devint mon arrière-grand-mère était l'aînée de onze filles, que leurs parents amenaient à Paris deux fois l'an, avant Pessah, la Pâque juive, et Roch Hachana, le nouvel an juif, pour les habiller de neuf. Mon grand-père, Isaac, était un phénomène en calcul mental : il savait faire de tête des multiplications à 8 et 9 chiffres et il était comptable de banque. On m'a dit qu'il était un homme austère. Je garde de lui l'image d'un vieux monsieur au gentil sourire, sur une photo prise avec moi, petite, et ma grand-mère, qui s'appelait Jenny, et qui, sur les photos, semblait souvent triste.

Isaac et Jenny, mes grands-parents, eurent six enfants. Mon père, Jacob, était le troisième. L'aînée s'appelait Lotte – Lottie. On a toujours donné ce prénom dans ma famille : Charlotte est mon deuxième prénom. Lottie a fui l'Allemagne avec son mari et ses enfants en 1935 et s'est rendue en Palestine. Deux autres frères et une sœur de mon père ont émigré aux États-Unis. Une autre sœur, Karoline, est morte à Auschwitz le 30 septembre 1942. On disait dans la famille qu'elle était « un peu simple » ; elle n'avait jamais quitté ses parents, qui avaient rejoint mon père à Amsterdam, à la veille de la guerre.

Karoline avait été arrêtée le 15 juillet 1942, le jour de mes quatre ans. Je ne crois pas qu'il existe une seule photo d'elle vivante. Isaac, mon grand-père, est mort à l'hôpital du camp hollandais de Westerbork le 14 juin 1943 ; il eut la chance de mourir dans un lit. Ma grand-mère Jenny fut déportée à Sobibor un mois plus tard. Elle n'avait pas de faux papiers pour la protéger.

Ayant vu le nom de sa mère sur les listes de transport la veille du départ, mon père avait vainement supplié l'administration du camp qu'elle soit épargnée. Le 20 juillet 1943, *Pappie* dut accompagner ma grand-mère à la gare de Westerbork. Au moment des adieux, elle pleurait et disait que, peut-être, elle reverrait sa fille Karoline « là-bas ». *Pappie* essaya une dernière fois de la faire libérer. Le soldat qui fermait les portes des wagons à bestiaux lui dit que bien évidemment il pouvait prendre la place de sa mère, et qu'il pouvait même amener sa famille avec lui. Y avait-il pensé ? *Mammie* lui avait dit qu'il ne pouvait pas nous laisser. Elle écrit dans ses mémoires qu'elle n'oublia jamais le regard désespéré de son mari quand sa mère partit.

J'ai toujours pensé que le cœur de mon père s'était brisé ce jour-là, à tout jamais, toute confiance en l'humanité détruite, et que jusqu'à la fin de sa vie, le 7 janvier 1982, il a cherché sa mère dans ses cauchemars et ne s'est jamais pardonné de l'avoir abandonnée.

Claude

« Maman ? Je ne te dérange pas ?

— Non ?

— Je suis sur ton texte. Je ne comprends pas une chose. Tu écris que ton arrière-grand-mère avait dix sœurs…

— Oui, je les ai comptées sur une photo !

— Mais tu ne me dis pas combien d'enfants elle a eus avec le *GrossPapa*…

— Ah… Je ne sais pas en fait…

— Et tu ne sais pas non plus comment elle s'appelait ?

— Elle a eu mon grand-père, Isaac, et… Je devrais regarder les arbres généalogiques…

— Tu les as ? Ce n'est pas si grave. Les trous font partie de la mémoire…

— Je vais les trouver…

— J'aimerais bien savoir quel âge elle avait quand elle a dû épouser son professeur. C'est quand même un peu bizarre, non ?

— Mais il a attendu la fin de l'année pour lui dire qu'il l'aimait ! Quand il lui a dit qu'il voulait voir ses parents, elle avait même peur qu'il lui reproche de mal travailler…

— Oui, c'est ce que je dis, c'est bizarre…

— Enfin ! Il était très connu dans la communauté de Francfort ! Il s'occupait d'une école de jeunes filles et d'une maternelle !

— Tu vois…

— Tu ne vas quand même pas écrire dans mon livre que mon arrière-grand-père était pédophile ! »

« Mon livre », dit Maman ? Notre livre, enfin !

Non, je ne l'écrirai pas. Après tout, Abraham n'avait que vingt-sept ans – neuf ans de plus que Charlotte Glauberg dont Maman m'envoie la photo (elle est une belle jeune femme en robe noire, au milieu de ses sœurs en blanc), qui se maria à dix-huit ans et mourut à trente-neuf ans, en 1886.

Maman est très fière de son arrière-grand-père, qui a une notice à son nom dans l'*Encyclopaedia Judaica*, et une autre sur Wikipédia, et dont les œuvres sont impressionnantes. Il écrivit notamment une réfutation des thèses d'Ernest Renan sur le judaïsme (oui, notre Renan !). Le *GrossPapa* tient sa place dans l'histoire de l'Europe civilisée, celle d'avant les grands massacres. Il fut une lumière d'un monde disparu, quand la science du judaïsme, *Wissenschaft des Judentum*, était une discipline allemande.

Maman m'a souvent dit que les Sulzbach vivaient selon les préceptes d'un rabbin nommé Samson Rafael Hirsch, fondateur d'une néo-orthodoxie qui s'opposait aussi bien aux juifs libéraux de son temps, lesquels inéluctablement glissaient vers le christianisme, qu'aux ultra-orthodoxes d'Europe de l'Est et à leurs dévotions surannées. Il fallait savoir être pieux et moderne. On aimait l'opéra, mais sans en faire sa vie.

Je ne sais que faire des vieux malheurs. Je ne crois pas que nos existences se résument à nos fins. Quand ma grand-mère, Anny, rencontra mon grand-père, Jacob, ses futurs beaux-parents lui firent prendre des cours pour qu'elle sache offrir à leur fils le foyer juif qu'il méritait. La famille de Oma était rhénane et d'obédience libérale – ce qui, pour les orthodoxes de Franconie, était un problème. Hitler gouvernait déjà l'Allemagne, cela n'empêchait pas. Anny n'aima pas sa belle-mère Jenny, puisqu'elle l'avait mal accueillie. Elle continua de ne pas l'aimer au-delà de son martyre. Elle le disait sans honte. C'est aussi une preuve de vie. Ces gens-là existèrent. Ne leur retirons rien.

Evelyn non plus n'aimait guère la mère de son mari, Suzanne, dite *la Mamma* dans les mots de passe des Askolovitch, Française patriote chauvine née d'une famille de juifs polonais juste installée en France, dont la légende dit qu'elle aurait pu venir au monde, avec sa sœur jumelle, dans le train Varsovie-Paris, et qui n'avait pas été aimable avec la petite Hollandaise qu'avait ramenée Roger. « Il aurait pu en avoir une plus belle, plus riche, et française. » Suzanne soupçonnait Evelyn de mal nourrir son fils. Elle emmenait Roger et son frère Félix au restaurant, sans leurs épouses. Cela nous fait rire aujourd'hui. Les méchancetés se suivent et se ressemblent, et les vengeances aussi bien.

Je me souviens aussi que mon père, pour embêter ma mère, moquait « le cul des Baer » (il prononçait Bir). Car la famille de Jenny, la grand-mère paternelle d'Evelyn, la mère de son père, donc la famille Baer, était réputée avoir de grosses fesses, lourd héritage qui m'a été transmis. Comment le savait-il, Papa ? Par Maman, ou par Oma, qui lui avait fait ses confidences, cherchant chez son gendre français un allié contre la disparue ?

Je réalise soudain que le deuxième prénom de ma sœur Myriam, Jenny, ne vient pas de l'héroïne des *Thibault* de Roger Martin du Gard (la fière amoureuse de l'idéaliste Jacques), mais de la mère de Opa... Comment n'y ai-je jamais pensé ?

La vindicte de Oma contre sa belle-mère attriste encore Evelyn. Elle pleure parfois en pensant à Jenny Sulzbach, née Baer, que son fils conduisit au train de Sobibor. Elle nous parle d'elle à l'occasion (une anecdote jaillissant sans logique apparente, qui doit être importante en dépit de sa banalité). Jenny, dont la mère était morte, avait élevé ses jeunes frères, qui étaient de sacrés garnements et lui jouaient des tours pendables. Je n'ai pas de précisions sur leurs fantaisies. Mais elles m'évoquent les bêtises de *Max und Moritz*, ces sauvageons du folklore allemand, qui furent l'inspiration des *Katzenjammer Kids*, mythique bande dessinée, inventée par de joyeux drilles germano-américains, Dirks puis Knerr, et que je lisais, gamin, traduite en français dans *Le Journal de Mickey* sous le nom de *Pim Pam Poum*.

Il y a quelques années, Evelyn a découvert un livre bouleversant, auquel son titre français, *Requiem allemand*, ne rend pas justice. Les mots anglais, *The Pity of It All*, la pitié de tout cela, rendent mieux le désespoir d'une histoire annulée : celle de l'amour des juifs pour l'Allemagne, de l'émergence des Lumières jusqu'à l'arrivée de Hitler au pouvoir. L'auteur est un historien israélien, Amos Elon, qui fut le biographe de Theodor Herzl, ce journaliste juif hongrois qui inventa le sionisme politique après avoir été, correspondant à Paris d'un journal viennois, témoin de la flambée antisémite de l'affaire Dreyfus. Elon était né en Autriche. Sa famille s'était installée en Palestine britannique en 1933. Il quitta Israël à la fin de sa vie, ne supportant plus ce que son pays devenait : une expérience coloniale ratée, disait-il depuis la vieille Europe qu'il avait retrouvée.

La pitié de tout ça.

Pendant que j'essaie de remettre nos mémoires en ordre, Evelyn – nous ne sommes pas loin du printemps 2023 – ne me parle plus que d'Israël, où vit ma sœur Myriam et qu'un gouvernement d'extrême droite dénature en voulant défaire l'État de droit. Ma sœur manifeste à Tel Aviv, sans croire vraiment qu'elle pourra empêcher la bascule d'un pays qu'elle a choisi à dix-huit ans.

Nous nous sommes réparti l'héritage de mon père, elle en Israël et moi à Paris. Roger fut un journaliste et écrivain français et juif, socialiste et sioniste ; cela n'avait rien d'incompatible, dans un monde peu concevable aujourd'hui. En juin 1967, j'avais quatre ans et Myriam trois mois, Papa organisait à Paris des manifestations de juifs de France, terrifiés qu'Israël puisse être détruit par les armées arabes. La menace ne dura pas au-delà de six jours, le temps d'un raid éclair de l'aviation israélienne, suivi d'une offensive implacable de ses chars et de ses commandos.

C'est en 1967 que mes parents prirent le pli des veillées devant la radio, quand le Proche-Orient surchauffait. Ainsi en 1973, pour la guerre du Kippour. Ainsi en 1990, lors de la première guerre du Golfe quand Evelyn, Roger et Valérie, ma jeune épousée, communiaient dans l'angoisse des Scuds forcément dirigés contre ma sœur – citoyenne israélienne – et moi – journaliste émotif envoyé couvrir un conflit qui m'était trop familier.

Je crois avoir fantasmé la Shoah dans cette guerre.

Mon père nous avait inculqué l'idée de la bonne volonté d'Israël, qui n'attendait qu'une main arabe pour vivre en paix. Ce n'étaient pas seulement des naïvetés. Nos existences auront été une désillusion. Roger est mort sans avoir vu ses idéaux dispersés, comme Valérie, qui partageait la même espérance.

Le 14 mai 1948, Jacob Sulzbach avait pris sa fille Evelyn par la main et l'avait emmenée à une cérémonie qu'organisait au *Concertgebouw*, la salle de musique tout près des musées, la communauté juive survivante d'Amsterdam, qui fêtait la proclamation de l'État d'Israël. Lui avait-il dit, « nous avons un pays », comme j'ai cru l'entendre, quand elle me le racontait ?

Trois ans plus tôt, des soldats de la France Libre, qui entraient en Allemagne par le sud, avaient libéré le camp d'internement de Biberach où la Croix-Rouge avait recueilli les Sulzbach après Bergen-Belsen. Le 14 août 1945, un soir où son épouse Anny dansait, toute à la joie de revivre, Jacob avait écrit une longue lettre à ses frères et sœurs émigrés aux États-Unis. Ils ne l'avaient pas invité à venir les rejoindre. Il refit sa vie en Hollande. Nous en reparlerons. Jacob n'eut pas non plus la force de rejoindre le nouvel État juif, mais son existence était rassurante. Nous avons été cela, rassurés.

Après, la pitié nous a pris.

Evelyn

J'ai mis des années avant d'aller en Israël.

Pappie y avait visité sa sœur Lottie sans nous emmener, *Mammie* et moi. C'était une expédition, par train et par bateau. Lottie avait perdu un fils, Joël, dans la guerre d'indépendance. Le *Yom Hazikaron*, ce jour où l'on commémore les morts des guerres d'Israël, je peux poster sur Facebook la photo de ce jeune cousin.

Pappie nous avait raconté qu'en Israël, il prenait tout le temps des douches, tant il avait chaud.

Plus tard, Roger non plus ne m'emmenait pas en Israël, où il se rendait souvent, pour des réunions politiques ou pour des reportages. Je gardais les enfants.

J'ai découvert le pays à plus de quarante ans, quand Claude travaillait dans un kibboutz. Il m'est devenu familier ensuite, quand ma fille Myriam s'y est installée. J'y possède un appartement dans le même immeuble qu'elle, à Rehovot. J'y ai mes habitudes et trois petits-enfants. Je vois la ville changer. Je me baigne. Je viens pour le nouvel an, Kippour et Pessah. L'été, je renonce, il fait vraiment chaud.

En 1994, participant à un Congrès international de femmes juives, je suis allée visiter la forteresse d'Atlit, où les Britanniques emprisonnaient les combattants sionistes, « les terroristes », disaient-ils alors, avant la création de l'État. La visite faisait partie du programme. Menahem Begin, qui serait le chef de la droite nationaliste puis Premier ministre en 1977, avait été enfermé à Atlit. Sa cellule était dans un camion où l'on avait installé un lit de trois étages. Nous avions des lits semblables à Bergen-Belsen. Quand je suis entrée dans la cellule de Begin, j'ai été prise de panique. J'ai hurlé de terreur et je suis sortie en pleurant. Je criais, « je suis à Bergen-Belsen » ! Mes amies ne comprenaient pas.

Claude

« Tu sais le pire ? Ce qui se passe en Israël…

— C'est horrible.

— Même pas, c'est logique. C'est ça le pire… Ça devait arriver. C'est peut-être la nature même du pays de devenir fasciste. À force de traiter un autre peuple de manière ignoble, on finit par se détruire. Ce qu'on a fait aux Palestiniens retombe sur les Israéliens…

— Netanyahou est dégueulasse. Mais ce n'est pas seulement la faute d'Israël s'il n'y a pas eu de paix. Les pays arabes ne voulaient pas d'Israël !

— Oui, c'est ce qu'on s'est toujours dit chez nous… C'est ce qu'on se racontait avec Papa. Mais en vrai, on a chassé les Palestiniens de chez eux…

— Ils sont partis parce que les radios des pays arabes leur disaient qu'ils reviendraient une fois que les juifs auraient été vaincus !

— Tu y crois encore ?

— Tu veux en venir où ?

— Tu sais qu'après 1949, l'armée israélienne empêchait les Arabes qui avaient fui au Liban de revenir chez eux ? Tu sais ce qu'est la journée de la Terre ? C'est une révolte de villages arabes contre des expropriations. Elle a été écrasée. Les Palestiniens d'Israël la commémorent encore aujourd'hui. Ce n'était pas Netanyahou, c'était la gauche qui gouvernait… Les amis de Papa…

— Donc Israël a tort sur tout ?

— Peut-être qu'on a pensé des bêtises pendant des années. Tu connais des Palestiniens, toi, depuis le temps que tu vas en Israël ? Pas les gamins de Gaza qui livraient les courses des supermarchés avant qu'ils n'aient plus le droit de venir – mais des Palestiniens avec qui tu aurais parlé…

— Oui, j'en connais ! J'ai dialogué avec une réalisatrice palestinienne !

— Tu ne m'en as jamais parlé ?

— Ça a commencé après la conférence de Nairobi… J'ai rencontré une Israélienne qui faisait des documentaires, et qui m'a présenté une amie palestinienne… On s'est vues régulièrement. On disait qu'on amorçait un dialogue. Mais un jour, il y a eu un attentat dans un parc de Rishon, où Mimi allait se promener avec Amnon et Noa. La Palestinienne m'a dit qu'il n'y avait pas d'autres solutions que ces attentats, même si des enfants devaient mourir. Je lui ai dit que je préférais ne plus la voir, ce que j'ai fait ! »

Les dates sont un peu confuses. La conférence de Nairobi eut lieu en 1985, organisée par l'ONU pour faire le point sur dix années de combat pour l'égalité hommes-femmes. Elle lança une nouvelle époque du féminisme institutionnel. Maman, dans les années 1980, s'était émancipée de Roger, son homme charismatique qui forcément vieillissait, de dix ans plus âgé qu'elle. Elle militait dans des associations de femmes juives engagées dans des causes mondiales. Elle a beaucoup voyagé. Amnon et Noa, les jumeaux de ma sœur, sont nés en 1996, trois ans après les accords d'Oslo, au moment où ceux-ci étaient menacés par la montée du terrorisme palestinien et le durcissement israélien ; le Premier ministre de la paix, Yitzhak Rabin, avait été assassiné en 1995. Nous suivions ces soubresauts avec passion. Je m'en suis détaché depuis, et je m'en veux parfois.

À quel moment Maman a-t-elle dialogué avec la Palestine naissante ? Combien de temps, vraiment ? L'attentat de Rishon LeZion – ville proche de Rehovot, où ma sœur s'est installée – auquel elle fait allusion date de 2002. Entre-temps, Yael, la petite sœur des jumeaux, était née. Pourquoi ne parler que des grands ? Et pourquoi Maman ne se souvient-elle pas du nom de la réalisatrice palestinienne – ni d'ailleurs du nom de l'Israélienne qui la lui avait présentée ?

Est-ce si important.

En fait de Palestiniens, je connais l'historien et diplomate Elias Sanbar, un intellectuel ferme et courtois, et Leïla Shahid, qui représentait l'autorité palestinienne en France au temps des accords d'Oslo, et dont la culture politique d'extrême gauche me réjouissait. Des gens qui me ressemblent. Je prends moins de risques que ma mère.

Après nos conversations, pas seulement celles sur le Moyen-Orient, Evelyn téléphone à Myriam pour se plaindre de moi, et ma sœur m'appelle. Nous sommes inquiets pour notre mère, et nous rions aussi. Nous l'appelons *la Mamma* à notre tour, comme Papa et son frère le faisaient pour leur Suzanne. Sommes-nous chanceux d'avoir encore une mère et, comme des *Katzenjammer Kids*, de la faire tourner en bourrique.

Peu après notre échange sur la nature du sionisme et le sort des Palestiniens, Maman part en Israël (nous sommes au printemps 2023) passer Pessah, la Pâque, chez ma sœur. Mes enfants et moi regrettons de ne pas l'avoir à table, pendant le long récit qui précède le repas, pour l'entendre chanter un psaume qu'elle affectionne, «*Allelou avdé Adonaï*, louez, serviteurs de l'Éternel!» et chanter avec elle une comptine en araméen à la fin du repas, qui dit l'histoire d'un agneau qu'un méchant chat a tué. Mais Evelyn profite de son voyage pour accompagner Myriam dans les manifestations que les démocrates d'Israël organisent contre le gouvernement. Elle se sent à sa place au milieu de la foule, drapée du drapeau israélien. Passé le sourire, je suis fier d'elle. Je devrais le lui dire.

Je ne sais pas pourquoi je me dispute avec Evelyn. Parfois, elle pleure, et parfois elle se défend. J'ignore d'où vient ma méchanceté. Ce que je dois régler. Je contemple mes mots, qui se dressent avec rage pour exprimer ce que je n'ose pas penser – ce que je ne pense même pas forcément. J'en ai une farandole, de piques et de reproches. Nous sommes un vieux couple, ma mère et moi, et nous tenons nos comptes. Elle n'oublie rien.

«Je t'en veux encore!

— Pourquoi?

— Tu m'as dit que mes témoignages, c'est comme faire du macramé!

— La seule chose qui m'intéresse, c'est que tu sois contente. Si témoigner te fait plaisir, je suis pour... Si c'était du macramé, je serais pour aussi.

— Je témoigne parce que c'est important.

— Oui c'est important pour toi. Ça te fait plaisir.

— Ça ne me fait pas plaisir !

— Alors, pourquoi ? Tu crois que sans toi, on oubliera la Shoah ? Les enfants ont des profs d'histoire…

— Ils pourront dire qu'ils ont connu quelqu'un qui est passé par les camps…

— Je me demande si ce n'est pas comme la visite d'un musée. On y envoie des milliers de gosses, et l'un d'eux, un seul, est touché par un tableau. Si tu as touché un enfant, c'est formidable. »

Je retranscris avec peine cette cuistrerie, dont j'ai été ravi sur le moment. Sans doute Evelyn m'avait-elle agacé en se dérobant à mes questions – car je lui pose des questions quand le remords me prend de ne pas avancer, et chez elle, dans son salon, je joue au biographe. Ce ne sont pas nos meilleurs moments. Ils ne sont pas seulement inutiles.

« Quand as-tu raconté à Papa que tu avais été déportée ?

— Je ne me souviens pas.

— Mais il le savait, tu as bien dû lui dire !

— Ce n'est pas important !

— Mais ça l'est pour moi, fais un effort…

— Mais ce n'était pas important pour moi, je n'avais pas l'impression d'avoir été déportée…

— Mais quand as-tu compris que tu avais bien été déportée ?

— Quand j'ai vu mon nom sur des fichiers allemands qu'une amie m'a envoyés ! Je te l'ai dit mille fois !

— Mais avant de lire ton nom ? Quand même, tu savais que tu avais été déportée !

— Mais ça ne comptait pas pour moi !

— Mais Papa le savait !

— Oui…

— Donc tu le lui avais dit ? Mais quand ? Quand tu l'avais rencontré ?

— Je ne me souviens pas ! Mais ce n'était pas important ! »

Papa – l'ai-je dit – était journaliste, poète et romancier. Il aurait voulu n'être qu'un homme de lettres, la vie ne l'a pas permis. Son premier livre publié s'appelle *Les juifs meurent aussi* paru en 1974 aux éditions Fayard, avec une couverture dessinée évoquant la rue des Rosiers, qui nous faisait penser Myriam et moi aux *Aristochats*. Il s'agit d'une fresque, sur près de vingt ans, de la communauté des juifs de France, dont Papa se voulait être le Balzac ; des personnages se débattent et se cherchent, comme mon père se chercha, entre leur pays et Israël.

« Il y a quelque chose qui m'intrigue…

— Dis-moi ?

— Dans *Les juifs meurent aussi*, il y a tout un chapitre qui se passe à Amsterdam.

— Et ?

— C'est un mariage. C'est comme votre mariage…

— Et alors ?

— Et il y a tout. Le jardin, la maison, l'odeur des cigares de Opa, la gentillesse envahissante de Oma… Et une jeune femme qui a été déportée avec ses parents et qui aime son père par-dessus tout – et qui sait que son père a été brisé par la guerre – et qui en veut à sa mère de ne pas le protéger…

— Et donc ?

— Donc en 1974, Papa savait tout et il avait tout compris, et il avait bien fallu que tu lui racontes !

— Je ne sais pas, je n'ai jamais lu son livre !

— Tu n'as jamais lu le livre de Papa ?

— Je n'ai jamais lu aucun livre de Papa.

— C'est bizarre…

— Je les ai tous tapés à la machine ! Je n'ai pas besoin de les lire !

— Donc tu te souviens de ce mariage en Hollande dans son livre…

— Je sais de quoi il parle. Mais je ne me souviens pas précisément.

— Tu devrais le lire alors…

— Je ne veux pas, j'ai autre chose à faire !

— Le temps que tu passes sur Facebook, tu pourrais prendre un livre de Papa ! C'était ton mec quand même, c'était important pour lui !

— Papa, j'ai été avec lui quand il pensait qu'il ne serait jamais écrivain ! Je l'ai soutenu. Il écrivait ses livres à la main, avec une toute petite écriture, et je devais déchiffrer ses manuscrits et les taper à la machine en trois exemplaires avec du papier carbone, et quand les livres sortaient, il ne me proposait pas de venir avec lui dans les soirées où il en parlait !

— Mais quel rapport ? Ça m'aiderait pour ton livre si tu le lisais…

— En quoi ?

— On parle de la mémoire, tu es d'accord ? Comment tu avais enfoui tout ce qui t'était arrivé… Et comment tu te retrouves aujourd'hui ? Mais il y a cinquante ans, ton mari écrivait un roman où il y avait tout. Une petite fille qui est sortie de Bergen-Belsen et à qui on doit apprendre à éplucher les oranges avant de mordre dedans. C'est toi cette petite fille ?

— Tu sais, Papa, il regardait, il comprenait tout !

— Mais tu avais bien dû lui parler pour qu'il soit aussi précis ?

— Il avait dû parler à Oma. Il lui posait beaucoup de questions…

— Donc elle savait à quel point tu aimais Opa… Ils parlaient de toi…

— Je me souviens qu'elle avait fait venir ses amies à la maison pour Papa. Des femmes qui avaient été déportées comme elle. Elles s'étaient installées au salon. Il leur posait des questions sur les camps, elle traduisait.

— Et toi, tu étais où ?

— Pas avec elles. Je m'occupais de vous. Je les regardais derrière la porte vitrée. »

Il y avait une porte vitrée entre le salon de mes grands-parents, qui donnait sur la rue, les fenêtres ornées de rideaux, contrairement à la coutume d'un pays où l'on regarde à l'intérieur des maisons (pensez aux tableaux de Vermeer), et la salle à manger longtemps encombrée d'un piano, dont le parquet, près d'une porte-fenêtre donnant sur le jardin, était rongé depuis – je dirais – 1971, là où ma petite sœur avait fait pipi, prise par l'urgence alors qu'elle jouait avec une dînette qu'elle appelait « le petit magasin ». Dans un cagibi de cette salle à manger était installé un lavabo, où l'on se lavait les mains, c'est le rite, au milieu des prières de l'entrée du Chabbat, avant le repas – et après les ablutions il fallait rester silencieux jusqu'à la bénédiction sur le pain que Dieu fait naître de la terre, *amotsi lekhem min haaretz,* et pour que je ne parle pas, pour faire rire ma sœur, mon oncle, quand j'étais petit, faisait « hmmm hmmm » en cadence et crescendo, sans ouvrir la bouche.

Peut-être après nous resteront nos bruits, une latte de bois creusée, un cauchemar de Opa, ou un *aria* qu'il entonnait d'une voix de baryton comme au temps de Weimar, resteront les gâteaux et le thé de Oma et des vieilles dames et du beau gendre Roger de France, *van Frankrijk*, l'attention de mon père pour une fillette déportée qui deviendrait son épouse, l'écriture minutieuse et ronde, et aussi, oui, minuscule, de mon père, les silences de ma mère derrière une porte vitrée – ou dans l'embrasure de notre salon, le soir d'un feuilleton.

(Je viens de relire le mariage hollandais dans le livre de mon père, un ballet où se mêlent des juifs se souvenant de l'Allemagne et des jeunes gens qui s'illusionnent d'avenir, et je découvre – je n'y avais jamais fait attention avant – que le marié, un garçon de Sétif devenu horloger à La Chaux-de-Fonds, en Suisse, qui épouse une Hollandaise dont la famille l'intimide, est un veuf, ayant perdu sa première épouse, et je ne sais ce que Papa avait pu deviner de l'avenir de son fils.)

Evelyn

Le jour où les Allemands ont envahi la Hollande, *Mammie* a voulu se tuer. Elle a ouvert le gaz du four et a mis sa tête dedans. *Pappie* a senti l'odeur et l'a sauvée.

Ma mère n'a pas été la seule parmi les juifs de Hollande à fuir ce qui arrivait. À Muiderberg, le cimetière juif d'Amsterdam, se trouvent de nombreuses tombes de suicidés de mai 1940. Beaucoup d'entre eux, je ne sais pas pourquoi, étaient des médecins.

(Selon ma sœur Myriam, les médecins avaient plus facilement accès à des médicaments pour en finir.)

J'avais un peu moins de deux ans quand ma mère a raté son suicide. Je me demande comment elle a pu vouloir nous laisser, mon père et moi. Je ne le saurai jamais. Elle ne me l'a jamais dit. C'est à ma fille, Myriam, sa petite-fille, que *Mammie* a raconté cette histoire.

Le reste de la guerre et après encore, *Mammie* a déployé la même énergie, pour nous garder en vie, qu'elle avait trouvée en elle pour essayer de se tuer. Elle avait compris que

Pappie ne serait pas capable de nous sauver : les hommes ne savaient pas s'adapter, ils ne supportaient pas de ne plus rien maîtriser. À notre retour en Hollande, elle avait voulu que tout se remette en place. Elle avait décidé que nous allions recommencer à manger cachère, comme on le lui avait enseigné avant son mariage. *Pappie* et moi aurions pu nous en passer. Je sens encore le poulet frit au beurre, mélange prohibé de lait et de viande, et je revois encore mon père extatique, qui me dit « sens-moi ça », chez la tante Paula, une vieille dame très grosse et extrêmement riche qui nous avait invités à déjeuner, à peine revenus. Paula était la belle-mère de Else, la sœur de *Mammie.* Elle n'était pas juive et avait passé la guerre dans sa maison de Haarlem où elle élevait des poules dans son jardin ; ces poules me faisaient peur.

Ces festins n'eurent qu'un temps. *Mammie* se croyait assez forte pour abolir nos années de guerre. Nous allions vivre comme si rien n'était arrivé. Jacob allait redevenir l'homme fort et joyeux, qui protège sa famille et ramène l'argent, qu'elle avait épousé. Il suffisait de le décider ! Mais ce n'était pas si simple. *Pappie* n'avait pas son caractère. Il donnait le change, mais il était tel Ashley Wilkes dans *Autant en emporte le vent*, vivant avec ses morts dans son monde détruit.

Enfant, je sentais la détresse de mon père, mais sans pouvoir la nommer : j'avais repoussé la guerre et la Shoah loin de moi. J'éprouvais pour *Pappie* un amour et une inquiétude infinies. Ma mère était d'une autre trempe. Elle était d'une force incroyable. Elle fracassait toutes les barrières qui se trouvaient sur son chemin pour atteindre ses buts. Son amour pour moi était différent de celui de mon père. Lui était inconditionnel. Il aimait que je grossisse et que la vie me profite. À Biberach, dans le camp de la Croix-Rouge où nous avions été évacués, après Bergen-Belsen, nous faisions des expériences sur le lait concentré sucré que nous recevions. Était-il meilleur pur ou mélangé au cacao ? Pur était notre goût préféré.

Pappie était tombé dans la neige quand nous étions arrivés à Biberach. C'est donc quand nous étions sauvés, après Bergen-Belsen, que j'avais cru le voir mourir. Il m'avait promis que tout irait bien et qu'on allait le soigner. Il avait passé trois mois à l'hôpital. Il avait tenu parole : il vivait. Mais je n'ai jamais réussi à chasser de moi l'idée qu'il pouvait mourir. Un jour c'est arrivé. J'en fus presque soulagée : je n'aurais plus à avoir peur pour ce père que je réveillais pendant sa sieste et que je guettais depuis les rangées des femmes, les jours de Kippour, quand il quittait la salle de prière pour se reposer un moment, dans une pièce réservée aux hommes, où je ne pouvais pas me rendre pour être près de lui et l'empêcher de partir pendant son sommeil.

Après sa mort, sa chute dans la neige a peuplé mes cauchemars.

Mammie me mettait au régime. Elle me demandait d'être sage, de bien me comporter. J'ai pensé – je pense – qu'elle nous rappelait que nous lui étions redevables, *Pappie* et moi, de nous avoir sauvés. Je me trompe peut-être. Peut-être me demandait-elle de l'aimer.

Claude

Oma n'a pas fait des confidences qu'à Myriam. À Evelyn aussi, elle parlait parfois. Elles n'étaient plus toutes jeunes, l'une et l'autre – je situe cela dans les années 2000 – quand ma grand-mère a dit à ma mère qu'elle avait couché avec un homme, un paysan, au camp de Vught, pour qu'il lui donne du lait pour elle. Elle précisa qu'elle n'y avait pris aucun plaisir.

J'ai eu envie de rire – nous avions ri, ma sœur Myriam, ma femme Valérie et moi, devant cette confidence de vieille dame dont nous conjurions la violence – et en même temps, j'ai admiré et j'admire Oma : cette petite femme était une héroïne. Je dois aussi mesurer sa cruauté involontaire, et ce qu'elle a laissé après elle.

« Je ne veux pas que tu écrives cela !

— Pourquoi ?

— Parce que ça ne regarde personne ! Je ne veux pas que Oma passe pour une traînée.

— C'est le contraire d'une traînée ! Elle a fait ça pour toi, pour que tu ne meures pas…

— Ça je le sais. C'est ce qu'elle m'avait dit.

— Elle t'avait dit quoi ?
— Qu'elle m'avait sauvé la vie.
— C'était vrai !
— Elle demandait mon amour. Elle n'avait pas à me dire ça.
— Il fallait bien que ça sorte...
— Elle m'a dit aussi qu'elle n'avait pas pris de plaisir. Dans ma tête, j'ai rompu avec elle ce jour-là.
— Mais tu as continué à la voir et à t'occuper d'elle, jusqu'à la fin. C'est toi qui l'as protégée finalement...
— Je ne veux pas que tu racontes cette histoire.
— Elle fait partie de nous !
— Si ça se trouve, ce n'est même pas vrai ! »

Même pas vrai car à Jules, le frère de Maman, Oma a raconté une autre histoire d'homme, mais dans un autre camp, plus un paysan, mais un gardien. Aurait-elle inventé son sacrifice ? Avait-elle besoin de cela pour surmonter la honte d'avoir fui la vie en mai 1940 ? Avait-elle besoin que nous la regardions ?

Et si c'était vrai, finalement ?

Ce dont je doute fait partie de la mémoire. Un mensonge possible aussi bien. La seule chose qui importerait, c'est le pourquoi du mensonge. Seule Oma le savait.

Vught fut le premier camp de concentration par lequel passèrent les Sulzbach. Ma grand-mère écrit dans ses mémoires que mon grand-père fut volontaire pour qu'ils y soient transférés, après leur arrestation et leur internement au *Hollandse Schouwburg*. La rumeur leur était venue que les usines Philips, toutes proches, avaient installé une fabrique dans le camp. Il valait mieux tenter cette chance que d'attendre un transfert vers Westerbork – le Drancy hollandais, pour faire simple, le camp de triage des juifs, d'où partaient les convois vers l'Est.

Evelyn avait de la fièvre dans le train qui les amena à Vught. À l'arrivée, elle fut séparée de sa mère et tomba malade. Jacob fut envoyé à l'extérieur du camp saboter des ponts de chemin de fer, puis construire des bunkers pour l'armée allemande. Au camp, Anny transportait des briques. Les gardiennes, qu'on surnommait « les souris grises », volaient pendant la nuit les manteaux des déportées, qui s'entraidaient pour tenir. Les femmes les plus fortes portaient les briques des plus faibles, et les mamans qui avaient la chance de pouvoir visiter leur enfant – il fallait une permission pour chaque visite – apportaient de la nourriture aux enfants des autres.

Anny écrit qu'Evelyn fut « gravement malade », de malnutrition, et qu'elle la regardait à peine quand elle la visitait. Elle écrit aussi qu'elle fut privée de visite quand son baraquement fut mis en quarantaine. Elle écrit enfin qu'Evelyn était si faible qu'elle dut la porter, quand elles furent transférées de Vught à Westerbork, par bus et par train, le 6 juin 1943, dans le fameux « convoi des enfants ». Ses compagnes de baraquement avaient donné à Anny un pull chaud et du chocolat, et avaient joué avec Evelyn avant leur départ.

Anny décrit aussi le cortège de ces femmes à la gare de Vught, un enfant à la main, un bébé dans les bras, et un sac sur le dos.

Je comprends à l'instant ce que le sac à dos signifiait dans la famille.

Anny n'écrit rien en revanche sur un paysan auquel elle se serait donnée pour sauver sa fille, et ne précise pas cette expression : « Je fis tout ce que je pus pour essayer de la voir. »

Je me souviens pourtant d'une scène que Anny – Oma – nous a racontée il y a longtemps. On y voyait Anny pleurant à Vught, et un responsable du camp – un Allemand, un Hollandais, un membre de l'encadrement juif, je ne sais pas – demandant pourquoi cette femme pleurait. « Parce que sa fille est très malade. » Et le responsable – un juif, un collabo, un nazi, que sais-je – était intervenu pour sauver la petite. Avait-elle simplement pleuré ?

Oma ne reprend pas cette scène dans ses mémoires.

En revanche, elle écrit ceci, un peu plus haut, évoquant l'entrée des Allemands en Hollande : « Je n'avais plus envie de vivre. »

Voilà pour son suicide manqué.

Oma, toute forte qu'elle fût, avait besoin qu'on la pense fragile. Il fallait la protéger. Elle vous serrait le bras en marchant. Elle avait appris, jeune fille, à s'évanouir sur commande pour qu'on vienne à son aide. Elle continua, adulte, à feindre de tourner de l'œil – ou à partir vraiment, tout en étant la femme la plus forte du monde. Quelque chose de Scarlett O'Hara, si Opa était Ashley Wilkes. La fille frivole dont on serre le corset et qui papillonne au bal, mais qui saura vous sortir d'Atlanta en flammes, et qui après-guerre reconstruira la plantation.

Je réalise à quel point la référence est datée et peut-être odieuse, lue aujourd'hui, puisque *Autant en emporte le vent* est une œuvre à la gloire du vieux Sud esclavagiste – et c'est ce monde atroce qu'Ashley Wilkes regrette comme la quintessence de la civilisation. Mais nous avons les références de notre âge. La question que doit résoudre Evelyn chaque jour de sa vie n'a rien de politique : comment peut-on être la fille de Scarlett ?

Evelyn

Je me rappelle avoir attrapé la varicelle à Vught, je me grattais, j'ai cassé un thermomètre, on m'a crié dessus. J'ai aussi attrapé la rougeole, et une pneumonie, et d'autres maladies qu'on appelait « la fièvre du camp ».

Je ne réagissais plus à rien. J'étais prostrée et affamée. Je pense que c'est à Vught, dès le premier camp, que j'ai fermé la porte de ma mémoire pour pouvoir survivre. Je n'ai aucun souvenir du camp de Westerbork où j'ai vécu après Vught.

Je me rappelle qu'à Vught, après la varicelle, on m'avait donné un verre de lait sucré.

Claude

Evelyn est retournée au camp de Vught en juin 2022, soixante-dix-neuf ans après l'avoir quitté. Nous l'avons accompagnée, ma sœur Myriam et moi, elle venant d'Israël et moi de Paris. Le musée du camp organisait une cérémonie pour le souvenir du convoi des enfants. Toutes les commémorations de la Shoah se ressemblent, si l'on n'y regarde pas de plus près. Des enfants d'aujourd'hui, frais et concentrés, en short et en tee-shirt si le temps est au beau, disent des noms et jouent de la musique. Des adultes les observent, silencieux. On allume des bougies et l'on dépose des fleurs et des symboles – à Vught ce furent des papillons de papier, représentant, j'imagine, les âmes des enfants suppliciés. De vieilles personnes plus muettes que les autres semblent chercher ce qui ne reviendra pas. On devine ce qui les consume. Maman, à Vught, a parlé en dernier, dans un souffle brave, regardant devant elle au-delà de la petite foule ; je ne pense pas qu'elle ait cherché mon regard pour se soutenir.

« Je vais t'accompagner à Vught, ne t'inquiète pas.

— Je ne sais pas si je vais y arriver.

— Mais si… Mimi sera là aussi.
— Je n'aurais pas dû accepter d'y aller.
— C'est important que tu y ailles. Pour toi. Ça va te libérer…
— Je ne vais pas le supporter.
— Tu ne voudrais pas qu'on aille à Westerbork ensuite ?
— Je n'irai pas à Westerbork !
— Ou bien une autre fois, en prenant notre temps. Pour voir par où tu es passée ?
— Je ne veux pas aller à Westerbork !
— Mais tu vas bien à Vught ?
— Ça n'a rien à voir. À Westerbork, je n'ai aucun souvenir…
— Justement. Tu pourrais réveiller ta mémoire ?
— Tu ne comprends pas ? Je ne peux pas aller à Westerbork. C'est trop difficile.
— Mais à Vught, où tu as failli mourir, tu y vas… Je ne comprends pas.
— Laisse-moi tranquille !
— Je veux juste comprendre pourquoi Vught est possible et pas Westerbork !
— Parce que je ne me souviens de rien à Westerbork !
— Tu ne penses pas que cela pourrait nous faire du bien, à Mimi et moi, d'aller à Westerbork, pour voir où tu étais ? Ou à Bergen-Belsen ?
— Il ne reste rien à Bergen-Belsen !
— Ce n'est pas vrai. Je ne comprends pas pourquoi nous ne sommes jamais allés avec toi voir les camps… D'autres déportés y sont retournés avec leur famille.
— Je ne voulais pas vous empoisonner l'existence avec ça !

— Mais c'est toi qui as peur d'y retourner ! Pourtant tu témoignes… Tu parles à des centaines de gosses – mais à nous, tu ne dis rien. Tu ne dis rien à tes petits-enfants ! »

Ceci est partiellement inexact. Maman m'a laissé emmener Léon, mon plus jeune fils, à une de ses conférences, à la mairie du 17e arrondissement de Paris, où l'on présentait un livre de témoignages dont elle est un des personnages. Elle est aussi venue parler aux CM2 de l'école d'Octave (Léon était encore en maternelle). J'appréhendais cette intrusion dans l'univers de mon garçon – qui scande ses récréations de matchs de football épiques. La rencontre s'est très bien passée. Quatre élèves, Sita, Mustapha, Mahamadou et Bianca, ont écrit une poésie pour la grand-mère d'Octave.

« La mémoire des mots se perd, pas celle des émotions. Votre histoire nous a fait réaliser que les hommes pouvaient être sans pitié. Il a dû vous falloir beaucoup de courage pour vous confier à des enfants de notre âge. Du début à la fin, nous avons été attentifs et suspendus à vos lèvres, captifs. »

Et un joli dessin montrant un enfant frisé et une colombe de la paix.

Evelyn ne manque pas de courage. C'est aussi une question d'imagination.

La veille de son retour à Vught, nous sommes allés, Maman, Myriam et moi, à la plage à Zandvoort, le Deauville hollandais. Il faisait chaud. J'ai acheté un maillot – pas vraiment à ma taille – et je me suis baigné. Cette baignade n'était pas moins juste que la visite du camp, s'il s'agissait d'être fidèle à notre famille. Quand nous étions enfants, nous nagions à Zandvoort ou à Noordwijk-aan-Zee ;

nous visitions Zaandam où le Tzar de Russie Pierre le Grand avait appris le métier de charpentier de bateau. Maman nous racontait comment, adolescente, elle était allée à vélo d'Amsterdam aux champs de tulipes de Keukenhof, sur la route de La Haye, avec son groupe d'amis, et comment, au retour, le vent soufflait si fort en sens contraire que les garçons avaient dû pousser les filles. La Hollande n'était que l'écrin de son enfance. Nous pouvions ignorer les gouffres et les camps du pays.

J'ai vu Maman, depuis que les témoignages l'ont prise, perdre sa jeunesse en recherchant son passé. Amsterdam n'est plus simplement sa ville des harengs si doux, *maatjes*, que l'on goûte dans un petit pain, *broodje*, fondant à l'unisson, couronnés d'une rondelle d'oignon, ou des petites crêpes, *poffertjes*, imprégnées de beurre fondu – mais la cité dont les juifs ont été avalés par un monstre, et qui a continué à vivre après eux, et qui les a oubliés. Qui se souviendrait, sans elle, des juifs prolétaires des quartiers du *Jordaan* et du *Jodenbuurt*?

« Aucune plaque ne parle de cette population, juive pauvre, populaire, qui y vivait. Rien ne rappelle Waterlooplein grouillant de marchands. Pire, les maisons, une fois les habitants amenés dans les camps de concentration, vidées par des voisins, puis abandonnées et dépecées, tout ce quartier a été détruit par des bulldozers et dessus on a mis une couche de ciment et l'Opéra d'Amsterdam a été bâti dessus, comme si le quartier juif n'avait jamais existé. »

Evelyn a écrit cela sur sa page Facebook, qui est une extension d'elle-même. Elle y tient le compte des cruautés et des arrangements de la Hollande d'après-guerre. Le souvenir d'Anne Frank, que les Pays-Bas entretiennent pieusement, lui est abominable : une hypocrisie, « l'arbre qui masque la forêt », dit-elle, une bonne conscience nationale qui camoufle la part que le pays a prise à l'assassinat de 102 000 juifs de Hollande, désormais englobés, lors d'une « journée annuelle du souvenir », dans un agrégat nommé « victimes civiles »...

Evelyn a entrepris de haïr la Hollande, puisque la Hollande la nie.

Elle écrit aussi cela : « Ma Hollande n'était qu'un mirage, un faux, un mensonge. La Hollande est le pays où 75 % de sa population juive a été assassinée parce qu'elle a collaboré avec férocité avec l'occupant nazi. La Hollande a fait que mon papa, *Pappie*, n'a jamais été joyeux. La Hollande m'a privée de grands-parents paternels, de maison de grands-parents où passer des vacances, et c'est pour ça que j'en ai fait une pour mes petits-enfants. »

Je trouve ses mots injustes et disproportionnés, et cruels pour elle-même d'abord, qui dévaste ses paysages d'avant. Je le lui dis. C'est Evelyn qui m'a appris qu'en février 1941, Amsterdam s'était mise en grève pour protester contre les rafles de juifs. Même le grand magasin De Bijenkorf, sur la place du Dam, avait suivi le mouvement lancé par des conducteurs de tramways. Les meneurs de la grève l'avaient payé de leur vie. Mais ce souvenir n'apaise pas la colère de ma mère : elle en a besoin.

« Tu sais comment on a appelé le retour des juifs en Hollande ?

— Dis-moi...

— La petite Shoah.

— On ne peut pas dire ça, Maman.

— Pourquoi ?

— Parce que ça n'a rien à voir !

— Tu sais ce qui est arrivé à Opa quand nous sommes revenus ?

— Dis-moi ?

— Notre ancien appartement était occupé par de nouveaux locataires... Opa est allé au bureau des logements, pour voir s'il pouvait récupérer l'appartement où ses parents avaient vécu. On lui a demandé s'il avait leur certificat de décès. Quand Opa a répondu que sa mère avait été gazée dans un camp de concentration, on lui a dit qu'il n'avait pas de preuve, et si ça se trouvait, elle vivait toujours.

— Oui, c'est terrible. Mais ce ne sont pas seulement les Hollandais qui ont été cruels envers vous. La famille de Opa aux États-Unis ne vous a pas aidés. Ils ne vous ont pas invités à venir en Amérique. Et pourtant, Opa leur avait écrit...

— Ils ne voulaient pas s'embêter avec nous.

— Personne ne voulait s'embêter avec les survivants... Tu sais... En France, il y avait une "Association des locataires de bonne foi" : des gens qui refusaient de rendre les appartements des juifs déportés qu'ils avaient récupérés. C'était horrible. Mais ce n'est pas la Shoah. Ce n'est même pas ce qui s'est passé en Pologne. Tu sais qu'il y a eu des pogroms en Pologne après la guerre, quand des juifs rentraient chez eux ? »

Tu sais ? Moi je sais. Je lis des bouts de livres et traîne sur le Web. Lors de la grève des 25 et 26 février 1941 (facile à retenir, le 25 février est l'anniversaire de ma compagne

Nolwenn et le 26 celui de ma sœur Myriam), 180 000 personnes manifestèrent pour les juifs à Amsterdam ; 250 résistants hollandais furent tués par les nazis, et en souvenir la ville d'Amsterdam fut honorée « Juste parmi les Nations » par le mémorial de la Shoah de Jérusalem, le Yad Vashem, comme Le Chambon-sur-Lignon en France, où les fidèles du pasteur Trocmé aimèrent et protégèrent les juifs.

Je sais. Je ne sais rien. Ce n'est pas mon père qu'un SS a battu à coups de barre de fer, et je ne l'ai pas vu tomber dans la neige, ni revenir en pleurant de chez un bureaucrate, deux ans après avoir aidé sa propre mère à monter dans le train pour Sobibor. Je n'ai pas été humilié en revenant de l'enfer. Et je n'ai pas eu à désapprendre ce que je croyais comprendre de mon pays natal. Maman, elle, vit avec la douleur des désillusions.

Evelyn avait cru, petite fille, que les drapeaux qui pavoisaient Amsterdam, le 31 janvier 1946, le jour où les Sulzbach avaient retrouvé leur ville, étaient destinés aux rescapés, pour leur souhaiter un bon retour au pays. Un demi-siècle plus tard, Oma avait détrompé sa fille. Les drapeaux étaient déployés pour les huit ans de la princesse Beatrix, petite-fille de la reine Wilhelmine et future reine elle-même. Beatrix, qui a donné aussi son nom au grand parc où, bambin, je nourrissais les canards, était née la même année que ma mère. Avaient-elles eu un pays en partage ? Nous avons pu le croire. Mais en réalité, avant-guerre, le Premier ministre hollandais Colijn avait proclamé son refus d'accueillir des juifs allemands, « étrangers indésirables », « *ongewenste vreemdelingen* », et après-guerre, les Pays-Bas avaient traîné avant d'accepter de reprendre ma famille d'ex-Allemands apatrides. Ma mère n'est devenue hollandaise qu'en 1950.

La pitié de tout cela, n'est-ce pas ?

Au début de ce siècle, quand ma grand-mère avait publié le second tome de ses mémoires, *Terug maar niet thuis*, où elle racontait la dureté hollandaise après-guerre, Evelyn s'était – un peu – fâchée avec elle. Elle ne comprenait pas que Oma dénigre leur pays. Elle lui disait que ce n'était pas la Hollande, mais l'Allemagne, qu'il fallait détester. Désormais, elle parle comme sa mère, et je garde contre elle l'amour des Pays-Bas.

« Quand même. Quand tu es à Amsterdam, tu as l'air heureuse ! Sur Facebook, quand tu ne parles pas de la Shoah, il t'arrive même d'écrire que c'est la plus belle ville du monde !

— Ce n'est pas à la Hollande que j'en veux. C'est aux Hollandais.

— Quand est-ce que tu as arrêté de les aimer ?

— Tard. Quand j'ai su combien de juifs étaient morts pendant la guerre. Quand j'ai lu les chiffres dans des livres…

— Tu ne le savais pas quand tu étais jeune ?

— Non. On ne m'en parlait pas.

— Tu ne savais pas que plus de 100 000 juifs étaient morts ?

— Non… Et je ne savais pas ce qu'on avait fait aux survivants… »

Sur la page Facebook d'Evelyn que je remonte, je la vois, le 1er février 2018, à soixante-dix-neuf ans, l'air de la fillette apeurée qu'elle fut, devant un mur où sont inscrits des noms – où est inscrit le nom des siens, Sulzbach, une parmi les familles passées par le *Hollandse Schouwburg*, là où se faisait le premier tri des juifs d'Amsterdam. C'est ma sœur Myriam qui a pris la photo. Oma vient d'être admise au Sarphati Huis, la maison de retraite toute proche où elle mourra un an plus tard. Myriam, je le devine, a poussé Maman à entrer dans l'ancien théâtre, devenu un lieu de mémoire, pour exorciser ce voisinage. C'est un trait de son caractère de forcer les êtres et les situations ; elle se dit sans doute qu'ils vont mieux après. Je me souviens qu'elle avait amené Nolwenn, ma compagne, sur la tombe de mon épouse Valérie. Ma sœur est-elle intrusive, ou pense-t-elle aux gens quand je ne pense à rien ?

Maman me dit que des années plus tôt, elle était déjà revenue au *Hollandse Schouwburg*. En 1994, la Conférence européenne du Conseil international des femmes juives se tenait à Amsterdam, et avait inscrit le théâtre au programme de ses visites. Evelyn était encore loin du temps des témoignages. Elle s'était retrouvée confrontée à son histoire sans s'y être préparée. Elle avait vu son nom de famille sur la plaque commémorative et était ressortie en pleurant. Une amie lui avait dit : « Tu n'as pas besoin d'y aller, tu y as été ! » Il lui avait fallu quatorze ans de plus et la patiente volonté de sa fille pour y retourner.

(Je réalise en me relisant que c'est aussi en 1994 qu'Evelyn avait cru voir son baraquement de Bergen-Belsen dans la cellule de Menahem Begin à Atlit. Était-elle hantée.)

Maman entretient son profil Facebook avec soin. Ce sont des anniversaires de naissance ou de décès, les joies d'un paysage, un arbre ou un immeuble, un coin de ciel, des amorces de poèmes, des envolées et des déplorations, des emportements politiques, des photos grisées, des vidéos de musique classique (mais jamais d'opéra, pour le souvenir de Opa), et les bouquets de tulipes que chaque vendredi lui apporte Alain, qui est son amoureux et un chouette joueur de clarinette *jazzy* ou *klezmer* ; Alain a rencontré Evelyn après le deuil de mon père. Comme elle, il veille sur le passé.

Le père d'Alain, René Hirschler, grand-rabbin de Strasbourg, est mort en mars 1945 dans un camp autrichien ; sa mère, Simone, qui écrivait des contes pour enfants, est partie le 27 avril 1944 à Birkenau (la date me frappe, mon grand fils Théo est né un 27 avril). Simone et René étaient des éducateurs. Leur fils, sauvé avec ses sœurs par des Justes du Puy-de-Dôme, la famille Mazeau, raconte désormais ses parents, et accompagne une dame de son âge au destin symétrique du sien : Evelyn, qui elle connut les camps, mais ne fut pas orpheline. Qui faut-il envier ?

Dans mes mauvais moments, je soupçonne Alain d'être le pousse-à-témoigner d'Evelyn ; donc le démiurge qui ferait d'elle une survivante plutôt qu'une mère ou grand-mère, et la vole aux douceurs d'avant – les *poffertjes* et la Hollande aimée, et mon enfance innocente. Je me demande également si, dans l'inconscient de ma mère, le drame d'Alain ne le rend pas plus digne que mon père pour l'accompagner dans ses cauchemars. Roger, ses parents et son frère, traversèrent l'Occupation sans blessure ; on me racontait enfant que Suzanne, la mère de Papa, avait été héroïque en traversant la ligne de démarcation après l'exode pour récupérer des papiers et ramener ses parents restés à Paris ; j'ai dilapidé ce souvenir, preuve qu'il ne tenait pas la comparaison ?

Papa perdit pendant la guerre une petite amoureuse de square – le square étant celui de la place des Vosges, et la copine, je crois, je n'en suis pas certain, s'appelait Florette (Papa reprit parfois ce nom dans ses romans). Florette donc, déportée avec sa mère, qu'un policier avait pourtant avertie, la veille d'une rafle, qu'il reviendrait les chercher ; mais la mère était pauvre et ne savait où fuir, et ayant mis son appartement en ordre et au propre pour le propriétaire, elle avait attendu, sa valise et sa fille prêtes pour le départ. Morte aussi dans la Shoah une tante de Papa, Hélène, qui était née Elka en Pologne (alors dans l'Empire russe), sœur de ma grand-mère, et mort le fils d'Hélène, Charles, « le cousin Charles » disions-nous chaque année avec Papa en posant un caillou, coutume de Kippour, à côté de son nom, Charles Itelsohn, sur un monument au cimetière de Bagneux, et après Papa je le redis à mes enfants.

Charles et Hélène furent survécus par Paulette, la sœur de Charles, qu'on appelait « la cousine Paulette » quand j'étais enfant, dont je comprenais qu'elle était un peu fragile, un peu dérangée, les yeux brûlants, des malheurs qu'elle avait subis ; mon père me dit un jour qu'ils avaient eu une histoire ensemble, pendant la guerre, quand par nécessité ils dormaient, adolescents, dans le même lit : il n'en était pas fier. Evelyn se souvient que ma grand-mère traitait Paulette de gourgandine. C'est un vieux mot.

Voilà pour la guerre de mon père.

« Papa aussi était un rescapé de la Shoah », me dit ma sœur. Oui, techniquement, mais trop français peut-être pour en faire un destin – trop amateur des petites histoires qui repoussent la grande.

Papa racontait qu'en 1940, au moment de fuir Paris, ses parents avaient pris des billets de train pour Bayonne, et avaient été surpris en arrivant, déçus : la ville n'était pas au bord de la mer ; ils l'avaient confondue avec Biarritz. Il racontait aussi qu'en 1944, il s'était fait engueuler par mon grand-père Maurice, qu'il avait dérangé dans sa partie de cartes (au village où les Askolovitch attendaient la fin de la guerre), en lui annonçant, surexcité, que les Américains arrivaient. Nous n'avons pas le don du récit dramatique ; cela ne fabrique pas les meilleurs des témoins.

(Mais pourquoi dis-je « nous », parlant de ma famille paternelle, par opposition à la famille de Maman ?)

Evelyn m'assure qu'Alain n'est pour rien dans son besoin de témoigner. Elle a commencé avant de le connaître. Je l'admets. Mais il correspond à ce qu'elle est devenue. Pourtant, Evelyn ne l'a pas invité en Hollande pour son voyage à Vught. Je ne maîtrise pas ses hiérarchies intimes. Sans doute, pour souffrir, elle préférait ses enfants.

J'imagine que Vught attendait Evelyn.

J'imagine qu'Evelyn attendait ce moment où elle serait saisie.

La baignade à Zandvoort n'y a pas suffi, ni une promenade à Amsterdam, un instant retrouvée, dans le quartier du Zuid, Maman nous montrant un logement, son ancien lycée, hésitant à s'offrir le *Concertgebouw*, cet écrin de la musique classique sur l'esplanade des musées, qui fit partie de sa vie (j'insiste pour que nous y allions, elle refuse finalement).

Dans la voiture louée par ma sœur, le lendemain, en route vers le sud de la Hollande, Maman se crispe ; le soleil du printemps l'écorche, et puis cet étang de loisir, entre la ville et le camp, cette innocence incongrue, et ces maisons devant lesquelles elle était passée dans les bras de sa mère. S'imagine-t-elle ? Cherche-t-elle à se voir ? Je ne veux même pas lui poser la question.

Avant l'entrée du camp, nous voyons des rails, un wagon de déportés. Evelyn se recroqueville. Elle tremble un peu sur le parking du camp, que surmonte une prison construite après-guerre. Il n'y a pas d'espace perdu.

On nous accueille à la hollandaise. Café, biscuits, une ferme douceur. Merci d'être là. Un bâtiment moderne ; des livres sur le camp, sur les enfants du camp. Je fais mes emplettes ; il sera temps à Paris de tourner les pages en me demandant si Evelyn y figure. Bientôt, on dressera des tables pour les invités à la cérémonie, nous nous servirons en *broodje met kaas*, j'apporterai un sandwich à Maman. Je vadrouille entre des baraquements proprets. L'un d'eux abritait un crématoire : ce n'est plus que du métal froid. Je n'imagine rien. J'essaie pourtant ? Le musée est bien fait. Je reste pensif devant ces photos d'âmes mortes. Ma mère a survécu.

Ce qui fut le camp de Vught a été amputé depuis la guerre. Les lieux ont une vie. Après les juifs, des baraquements ont abrité des collabos hollandais, puis des villageois allemands dont les maisons avaient été détruites de l'autre côté de la frontière, et on entendit dans le camp des hymnes chrétiens, puis des réfugiés venus d'Indonésie après l'indépendance et qui ont fait souche : leurs baraques, où ils vivent toujours, sont devenues des pavillons rudimentaires : un village de pauvres. Dans un de ces pavillons, voué à la mémoire du quartier, je vois un maillot de l'Ajax Amsterdam que porta Simon Tahamata, un enfant de l'archipel des Moluques grandi à Vught et qui fut international hollandais. J'aurai appris quelque chose dans ce voyage.

Maman ne se promène pas avec moi. Elle s'est effondrée devant sa *kopje koffie.* Elle ne veut plus bouger. Je la raisonne. Elle se mure. C'est trop dur. Je m'agace – et m'agace d'autant plus que sur WhatsApp, la famille s'émeut des photos d'Evelyn que je poste, le masque figé et les yeux égarés. Je trouve qu'elle en fait trop. Elle n'est pas la première déportée à revenir dans un camp. Pourquoi chez elle – chez nous – tout est-il compliqué ? Et si tout ceci est insupportable, pourquoi être venue ici ?

Evelyn répare. En a-t-elle la force ? Au *Hollandse Schouwburg*, où Myriam l'avait emmenée, elle s'était fâchée parce que Vught n'était pas mentionné comme une des destinations des juifs après le théâtre. Donc, ce qui lui était arrivé n'avait pas d'existence historique ? C'est à ce moment qu'elle s'est mise à chercher les preuves de l'oubli hollandais, et avant l'oubli, de la complicité. Sa quête, forcément, devait la ramener à Vught. Elle avait écrit aux responsables du musée. Ils l'avaient invitée. Mais à quoi bon, s'il s'agit de mourir d'émotion.

Evelyn ne meurt pas (et écrivant cela, je sais que cette phrase est ma prière et ma superstition). Evelyn ne meurt pas à Vught mais elle m'y embarrasse. Que sont ces gens qui ne veulent pas qu'on les sauve ? Je la laisse avec Myriam, qui patiemment prend Maman par la main pour faire quelques pas le long d'un cours d'eau. Nous la faisons passer ensuite – je suis revenu vers elles dans un vague remords – à travers le camp, prenant soin qu'elle ne regarde pas les photographies du musée, jusqu'au monument devant lequel ont été installés des chaises et un pupitre, où Evelyn parle, sans que ses yeux se posent sur nous, puis les enfants des écoles accrochent des papillons de papier aux barbelés qu'elle ne regarde pas.

Evelyn

Je suis sept fois grand-mère, en France et en Israël. Quand mon petit-fils Théo avait cinq ans, il m'a demandé à quoi je jouais à son âge.

« Oh tu sais, à ton âge, j'étais dans un camp…

— Tu étais dans un camp ?

— Oui, mais tu sais, ce n'est pas grave ! On va goûter ? Tu veux du Nutella ? »

C'était en l'an 2000. Je n'avais pas encore ouvert la porte. Ce n'est que vingt ans plus tard que j'ai vraiment pensé à mon enfance en regardant jouer mon plus jeune petit-fils Léon (il est né en 2015, Théo en 1995). Ce n'était pas horrible. Mais je me disais qu'à son âge, j'étais dans les camps ; je ressentais une sensation d'angoisse devant ce petit bonhomme si vivant, si intelligent, si drôle : comment avais-je fait, moi, pour rebondir et vivre ? Comment mes parents avaient-ils fait avec moi ?

Jusque-là, cette pensée ne m'était jamais venue à l'esprit. J'avais voulu être… J'étais une grand-mère un peu folle ou un peu drôle, j'espère, celle qui chante dans la rue et qui joue et qui fait des cadeaux, des gâteaux. Je ne voulais pas traumatiser mes enfants et leurs enfants avec mon passé. J'avais mis les camps de côté – et quand ils me sont revenus, quand je me suis mise à témoigner et à rechercher ma mémoire, j'ai essayé encore de protéger ma famille.

(Myriam se souvient d'un « souvenir au salon », en hébreu « zikaron basalon *», une coutume israélienne liée au Jour de la Shoah, où d'anciens déportés racontent leur calvaire dans l'intimité d'un foyer, qu'elle avait organisé en 2019 autour d'Evelyn. Les enfants de Mimi, Noa, Amnon et Yael étaient là, tous trois de jeunes adultes ; avant de commencer, Maman avait demandé s'ils devaient vraiment l'écouter.)*

Je m'étais promis que je serais la grand-mère que je n'avais pas eue, dans la famille nombreuse et joyeuse dont j'avais été privée.

Quand j'étais petite, après la guerre, mes parents me racontaient leurs jeunesses allemandes ; j'étais impressionnée par leurs immenses familles. Leurs récits étaient tissés d'anniversaires et de mariages, de grands-parents, de grandes fratries, d'oncles, de tantes et de cousins qu'il fallait visiter. Ma mère me parlait des dimanches après-midi « chez la tante Mathilde, et les cousins Karl et les cousines », et je me demandais à quoi ressemblait une famille normale ; quand mon frère Jules est né, j'avais onze ans, j'ai cru que nous y arrivions : j'en étais encore loin.

Mes grands-parents paternels étaient morts ; les parents de ma mère vivaient en Argentine, près d'Else, leur fille aînée. Je recevais des lettres pour mes anniversaires. Julius Seligmann, le père de *Mammie*, avait une belle écriture ; il mourut en 1948. Ma grand-mère Hilda, veuve, vint nous voir en 1950, après la naissance de Jules. J'espérais énormément de sa visite. J'allai l'attendre avec mon père au port de Rotterdam. Je fus affreusement déçue qu'elle me parle en allemand : je refusai de lui adresser la parole. On essaya de m'expliquer que la langue allemande n'était pas seulement celle des nazis. Je restai fermée. Ma grand-mère trouvait que j'étais trop gâtée. Elle repartit en Argentine, et je ne la revis plus. Elle mourut à quatre-vingt-dix-sept ans à Buenos Aires, persécutant ses femmes de ménage et sa fille, et croquant du chocolat.

Devenue adulte, je me suis rattrapée. J'ai écrit à Hilda des lettres, où je lui racontais ma vie d'étudiante, puis de jeune mariée et de maman. Je lui écrivais en allemand.

Hilda était très belle et très drôle, elle aimait faire des farces, écrire des histoires et des poèmes. Elle s'intéressait à la politique. Jeune Allemande curieuse, elle avait acheté *Mein Kampf*, qu'avait écrit un agitateur nommé Hitler. Elle en avait conclu que « ce type » était « fou à lier » et n'arriverait jamais à rien.

Le père de Hilda était venu vivre chez sa fille à la mort de son épouse. Il s'appelait Gustav et ma mère l'adorait. Il partit ensuite chez son fils, Fritz, qui s'était installé aux Pays-Bas. La famille suivit le mouvement après l'arrivée de Hitler au pouvoir, comme beaucoup de juifs allemands, confiants dans la neutralité proclamée des Pays-Bas. La splendide Else, la sœur aînée de ma mère, fut une des premières à partir. Elle fit la connaissance, dans des fêtes d'exilés, d'un grand jeune homme joyeux sportif et mélomane qui venait de Francfort. Elle présenta ce Jacob à sa petite sœur Anny, qui était allée étudier en Angleterre et qui à son retour était venue lui rendre visite. Jacob et Anny tombèrent amoureux.

Mes parents se sont mariés en 1936 à la synagogue de Wiesbaden, en Allemagne, avant de retourner vivre aux Pays-Bas. Ils profitaient de l'accalmie des Jeux olympiques de Berlin, quelques mois où Hitler voulut montrer un meilleur visage au monde. Tout semble normal sur les photos, si ce n'est l'absence de ceux qui se sont déjà exilés.

(Evelyn se souvient qu'enfant, elle interrogeait sa mère sur ces absences – ce qu'elles signifiaient de l'effondrement d'un monde. Il me plaît que Maman, avant moi, comme moi devant son portrait de fillette, ait vu dans une photo ce que les autres ne saisissaient pas.)

Deux ans plus tard, en 1938, après ce qu'on a appelé la « Nuit de Cristal », un pogrom à l'échelle du pays, mes grands-parents maternels quittèrent l'Allemagne ; ils ne firent que passer en Hollande sur le chemin de l'Argentine. Les parents de mon père durent attendre janvier 1939 pour obtenir des papiers et fuir aux Pays-Bas.

Mais à Amsterdam, où je venais de naître, nous étions heureux.

Je faisais l'admiration des cousins de ma mère – Freddy, Paul, Willy et Suzy, les enfants de son oncle Fritz et de son épouse Grit – et de mon arrière-grand-père Gustav. Ma mère avait tenu à apprendre le hollandais ; elle était douée pour les langues. Mes parents fréquentaient d'autres juifs allemands exilés : un jeune couple notamment, Joseph et Hilde Werner ; lui avait connu *Pappie* à Francfort et elle était devenue la meilleure amie de *Mammie.* Hilde et *Mammie* furent enceintes en même temps. Suzan est née une semaine après moi.

J'ai en ma possession une photo prise en juillet 1942, l'été de mes quatre ans, deux ans après l'invasion de la Hollande. Je suis assise avec d'autres enfants ; nous sommes dix-sept exactement : dix-sept enfants juifs dans une école créée pour eux, après qu'on les eut bannis des jardins d'enfants ordinaires.

La photo m'a été donnée des années après par une amie, Mieke van Praag, dont la tante avait créé cette école-refuge. J'avais rencontré Mieke dans des congrès internationaux de femmes juives, dans les années 1990. Nous avions mis un peu de temps avant de réaliser que nous nous étions déjà connues.

Mieke et sa sœur Elsje figurent sur la même photo, l'air décidé, des robes blanches aux épaules arrondies. Suzan Werner, la fille des amis de mes parents, est debout près de moi. Elle a les cheveux mi-longs. Elle est morte comme ses parents à Auschwitz, le 16 octobre 1944. Je crois que de la photo, quatre ou cinq enfants seulement ont survécu.

Claude

Evelyn était à l'école, cette école précisément, le 12 mars 1943, quand sa maman vint la chercher avec les deux policiers, un allemand et un hollandais, qui avaient sonné à la porte de l'appartement des Sulzbach et avaient juste posé une question, « Juifs ? », posé une affirmation plutôt, « Des juifs ! », car ils connaissaient la réponse, les voisins de mes grands-parents les ayant dénoncés.

Anny était seule à la maison. Après avoir récupéré Evelyn, les policiers attendirent que Jacob revienne : il était parti faire les courses pour ses parents. Puis on emmena vers le chaos du *Hollandse Schouwburg* le père, la mère et la fillette, leur sac à dos et leur petite valise, « quelques vêtements pour deux-trois jours », leur avaient dit les policiers, mais les vêtements allaient durer plus de deux ans.

Maman dit qu'elle a appris récemment que les policiers hollandais touchaient cinq florins, *vijf gulden*, pour chaque juif arrêté.

Evelyn a mené un beau combat pour ne pas nous envahir avec son passé. Je le dis sans ironie, même si ce combat finalement se révèle vain. Souvent j'en fus agacé. J'accepte désormais : je progresse. Mais qu'elle fasse silence avec nous tout en racontant sa vie à des enfants qui n'étaient pas les miens, me paraissait incongru. Pauvres bébés que tu prives de ta Shoah ! En réalité, chacun de mes gosses s'est débrouillé seul pour savoir ce qui le concernait. Il suffit d'oreilles qui traînent sur les conversations d'adultes, et les angoisses poussent sur un terreau fertile.

Un jour, expliquant à des amis ce livre qui ne veut pas sortir, j'ai entendu Octave et Léon – un chœur enfantin – m'interrompre et résumer le parcours de Baba – son surnom de grand-mère, inventé par Camille, mon aînée, dans ses premiers babillages –, donner le nom des camps qu'elle avait traversés et raconter le passeport qui l'avait sauvée, et expliquer enfin qu'elle était triste, Baba, de ne pas se souvenir de tout.

Découvrirai-je demain qu'Octave et Léon ont peur aussi bien ? La transmission sera acquise ; leurs psys devront démêler les parts juive et bretonne de leurs fêlures ; ce qu'ils tiennent de leur maman Nolwenn, qui enfant en s'endormant redoutait de se réveiller privée d'intelligence ; et ce que ma folie leur a fait.

Il y a quelque vingt-cinq ans, Valérie et moi avions été horrifiés et fiers en même temps – fiers, oui – quand Camille avait serré son petit frère Théo contre elle, lui promettant que l'horrible Papon ne viendrait pas les prendre, on allait le juger. Nous ne leur avions pourtant jamais parlé de ce haut fonctionnaire qui, après avoir donné des juifs bordelais à la mort sous Pétain, avait sauvé sa carrière, jusqu'à se retrouver Préfet d'une police parisienne tueuse d'Algériens sous de Gaulle – et puis ministre de Giscard, en prime. Enfin la République s'emparait de lui. Camille l'avait entendu sans nous, et en avait instruit son frère.

On peut se taire, Maman, rassure-toi, cela ne change rien.

Je confesse : *tout* chez ma mère peut me sembler incongru. Je réglerai ça dans une autre existence. Quand je dépasse mes postures et l'air du temps, quand je cesse de me conformer au cliché infernal du fils juif et de sa mère juive, quand je renonce à cet autre cliché, heureux celui-là, d'une famille unie visitant avec un ancêtre apaisé le camp de la mort d'où il est revenu, j'accepte finalement mon sort et Maman.

Evelyn n'est pas cette déportée-là.

Et malgré les apparences, elle n'est pas non plus Shelley Winters, grande dame du cinéma américain, dans son plus beau rôle oublié : la mère possessive éplorée insupportable d'un jeune homme juif des années 1950 parti vivre sa vie loin du cocon de Brooklyn dans la bohème de Manhattan. Le film s'appelle *Next Stop, Greenwich Village*, de Paul Mazursky, et il avait enchanté mes parents dans les années 1970, et moi à leur suite. J'aime cette scène de la mère squattant une fête de son fils, se retrouvant à danser avec un beau jeune homme noir, et lui demandant, « Are you jewish ? », et lui, l'entraînant, répond : « No, I am gay. » Après avoir vu le film, je surnommais Evelyn Shelley Winters, tant son inquiétude me pesait. Ce n'était qu'une taquinerie. Ce n'était qu'une taquinerie ?

Shelley Winters, grande comédienne qui échappa aux rôles factices des blondes sexy, fut aussi dans *Lolita* la mère de la nymphette séduite et abusée par Humbert Humbert-James Mason, et fut dans *La Nuit du chasseur* la mère envoûtée et tuée par le *preacher* assassin Robert Mitchum, et fut encore, dans une adaptation du *Journal d'Anne Frank*, Augusta van Pels, la maman de Peter, l'ami de la fillette, que la mort attendait au camp de Theresienstadt. Il est de ces destins artistiques.

Augusta van Pels est morte à quarante-quatre ans. Ce nombre m'est familier. Mon épouse Valérie est morte à cet âge. Ainsi la mémoire vaticine.

Avant notre mariage, l'été 1990, Valérie, jeune éducatrice à Garges-Sarcelles, avait organisé pour ses ados de banlieue un périple dans les pays de l'Est, juste sortis du communisme. Elle m'avait rapporté, d'Allemagne, un album d'époque sur les Jeux olympiques de Berlin, et de Tchécoslovaquie un livre sur Theresienstadt, ce camp que l'on disait modèle parce que les nazis, pour leur propagande, y avaient toléré une vie artistique, mais on y mourait aussi : la preuve par Augusta que joua Shelley Winters qui me rappelle Maman.

Il me revient que dans l'annexe où ils étaient cachés, Augusta agaçait son fils qu'elle surprotégeait. Tout se tient.

Il ne me revient pas, car je ne l'ai jamais oublié et j'en garde le remords, que le cadeau de Valérie, un livre sur un camp nazi, m'avait mis mal à l'aise. Je n'avais pas trente ans. Je n'étais pas en règle avec tout ça.

Maman se souvient qu'elle avait donné un vêtement chaud à Valérie avant qu'elle n'aille vers l'Est.

Je pense et je rumine, et pour en sortir j'agis.

Je tapote et je clique sur mon ordinateur.

« Maman ? Je viens d'acheter *Next Stop, Greenwich Village* sur Amazon !

— J'adore ce film. Tu te souviens que tu m'appelais Shelley Winters ? »

Je me souviens.

Ma Shelley Winters, mon Evelyn, parle souvent de la photographie que Mieke van Praag lui a donnée il y a quelques années, celle de l'école pour enfants juifs de l'été 1942.

« Tiens, van Praag, comme la famille des dirigeants de l'Ajax Amsterdam ?

— Non, il n'y a pas de rapport ! Et van Praag est simplement son nom de femme mariée : quand elle était petite, Mieke s'appelait de la Parra... »

J'en conclus (j'extrapole peut-être) que van Praag fut un nom courant chez les juifs hollandais, et que l'amie de Maman devait être d'origine marrane portugaise, l'élite des juifs d'Amsterdam, qui prospérait déjà au temps de Rembrandt. Mais ce n'est pas le sujet.

Evelyn ne semble pas se souvenir de sa vie à l'école. Elle ne me parle jamais de ces enfants au présent, de leurs jeux et de leurs rires, qui existèrent pourtant. Mais cette photo fait partie d'elle. Elle est la preuve d'une existence dont elle ne se souvient pas. Ce qu'elle fut, fillette assise aux yeux d'écureuil. Ce qu'elle reste, derrière le mur de sa mémoire.

Elle montre la photo aux journalistes qui la rencontrent, pour un livre, un documentaire. On l'entend compter les enfants, en hollandais, *een twee drie*, compter les enfants qui sont morts dans la guerre, *vier vijf zes zeven*, compter ceux qui ont survécu, *een twee drie*, dans une émission de radio que je lui ai consacrée sur France Inter (pour la faire patienter, et aussi débloquer nos dialogues qui s'enlisaient).

En mars 2023, elle a reposté la photo sur son Facebook (ce n'était pas la première fois), avec les noms des dix-sept enfants. J'y apprends que Suzan Werner, en fait, était Suzanne, et que Maman, Evelyn, était appelée en classe *Evelientje*, la petite Evelyn. Les gosses ont le regard fiérot de leur âge. Abbie van Dantzig et Peter Weishut se marrent. Rolfje Stranders, assis à côté de Maman, est un poupon qui ressemble, je trouve, à mon petit-fils Noé.

Comme dans tous ces clichés d'enfants juifs dans la guerre, rien ne suggère ce qui les attend – que certains auront de la chance et d'autres non.

J'écris à mon tour ces noms, sans séparer ceux qui ont vécu des autres. Mirjam Levie, Ruth Striebel, Hanneke Stranders, Albert Sternberg, Selly Kolthoff, Eveline Rose – cette homonymie explique sans doute pourquoi Maman était « *Evelientje* » à l'école –, Fransje Löwenstein, Mickie Cardoso, Wimmie van Naarden, Ernst Mehler, et donc Mieke et Elsje de la Parra, et forcément Suzanne Werner. La photo a été prise par un certain Bakels, dont la boutique se situait au 57 Eemsstraat, et qui n'existe plus.

Sur la photo figure aussi une jeune femme brune, je ne lui donne pas vingt ans, qui devait être l'institutrice des gosses, et dont le nom n'a pas été transmis.

J'ai conscience que cette accumulation de patronymes, souvent bataves ou germaniques de surcroît, risque de déconcerter qui lira ces lignes. Sans compter le fait que la meilleure amie de ma grand-mère, Hilde, la maman de Suzanne, portait le même prénom que sa mère ! Sans compter que Suzanne, prénom d'une fillette suppliciée, fut aussi le prénom de la mère de mon père. Sans compter…

De vrai, je n'en ai pas conscience, mais Christophe Jiminy Cricket Bataille, mon éditeur, me le dit. Disons donc que j'en ai un peu conscience, mais que je n'y peux, n'y change rien. Au moins, nous ne sommes pas russes et nos patronymes sont simples. Et puis – comment travailler nos mémoires en ignorant ceux qui en sont l'humus ?

Et encore : à ceux qui ne sont plus, qui furent heureux, vivants, il ne reste que ces noms familiers à Evelyn, et que je murmure fugacement.

Gustav, le grand-père de ma grand-mère, est mort paisiblement en 1941 à Amsterdam, simplement de vieillesse. Sa petite-fille, Anny, ma grand-mère, eut la chance de le voir, la veille de son départ, ayant décidé de ne pas prendre le tram qui la ramènerait directement chez elle, mais plutôt un autre, pour aller chez sa tante Grit où logeait son grand-père.

Le mari de Grit, le fils de Gustav, Fritz, était mort de maladie en 1934 âgé de quarante-quatre ans *(étonnement du retour de ce nombre funeste)*. Willy, Paul, Suzy et Freddy, qui entouraient ma mère au berceau, étaient donc orphelins avant même que la tragédie commence.

J'ai connu ces cousins, Paul, Freddy et Willy, qui me plaisaient bien dans mes enfances d'Amsterdam : des types solides, de grosses voix, je les confonds un peu maintenant, l'air belges autant que bataves (je crois que l'un d'eux vivait en Belgique), pas vraiment l'air juifs si cela signifie quelque chose ; une profonde tendresse les unissait à ma mère et ma grand-mère, et mon père les aimait bien. Je n'ai pas connu leur sœur Suzy, ni leur mère Grit, on devine pourquoi ? J'ai longtemps cru que Willy, le plus exubérant des frères, avait voulu tuer des collabos hollandais en découvrant la mort en déportation de sa mère et sa sœur. Ce souvenir est inexact, mais l'inexactitude aussi peuple la mémoire.

Evelyn

« Quand nous sommes rentrés en Hollande, c'était la nuit. Il n'y avait plus personne. Les seuls qui nous attendaient étaient Willy, Paul et Freddy, les cousins de Oma…

— Ils avaient été dans la résistance ?

— Non… Ils s'étaient cachés. Mais Freddy avait été dans l'armée en Angleterre.

— Il avait rejoint les Hollandais libres ?

— Quand il a su que sa mère et sa petite sœur avaient été prises, il est parti se battre. Il était fou de douleur. Je ne sais pas comment il est passé en Angleterre.

— J'ai toujours cru que c'était Willy qui s'était battu…

— Non, c'était Freddy. Tu sais comment Suzy et Grit ont été déportées ?

— Non.

— Suzy est simplement allée se promener. On l'a capturée. Et elle ramené les policiers à sa mère…

— …

— Ils ont eu tellement de remords ensuite, Freddy, Paul et Willy…

— D'avoir laissé sortir leur sœur ?

— Non, ils n'étaient pas au même endroit ! Ils s'en sont voulu parce qu'ils n'avaient pas écouté leur mère. Grit avait la nationalité suisse. Elle s'appelait Marguerite Dreyfuss. Elle avait proposé à ses enfants de partir en Suisse. Ils avaient refusé. Ils étaient hollandais, ils n'allaient pas quitter leur pays ! »

Claude

Ce que je comprends d'Evelyn quand j'avance avec elle, relisant nos notes et revisitant nos vies. Elle souffre d'abandon. Certaines personnes attirent la violence, d'autres les perversions, et toute leur existence, les violents et les pervers peuvent les croiser, à tout moment.

À tout moment, Maman peut être abandonnée.

S'il faut chercher une scène originelle, nous la savons ; Oma, ma grand-mère, sa mère, ouvrant le gaz pour ne plus rien voir et ne plus rien être, quand les Allemands entrent en Hollande, en dépit de son mari et de sa fille de deux ans.

Ces choses-là ne se guérissent pas simplement. Et j'imagine que Oma, toute leur vie dans les camps, a voulu conjurer sa fuite en sauvant sa famille ; et toute la vie d'après, installant, laissant installer, cultivant son personnage de femme héroïque, porteuse de vie, de mémoire, reconstruisant son foyer, elle a voulu faire oublier – elle a voulu oublier elle-même, enfouir sous sa légende, son moment d'abandon. Et j'imagine encore que le sacrifice de sa pudeur ou le sacrifice de son corps, coucher avec un Allemand, ou un Hollandais, qu'importe, pour le lait de sa fille, le raconter, l'avouer, ou l'inventer, à plus forte raison l'inventer, devait annuler son suicide manqué.

La pitié de tout ça ?

Evelyn reste l'abandonnée. Celle dont la mère a voulu se tuer ; celle qu'on sépara de ses parents au *Hollandse Schouwburg*, et à nouveau au camp de Vught ; celle que sa mère, à Bergen-Belsen, laissait dans le baraquement en partant travailler, et qui était seule quand les bombes tombaient sur le camp ; celle qui pensait que *Mammie* n'allait pas revenir, qu'elle allait mourir et la laisserait seule, ou que *Pappie* mourrait. Elle a toujours su que son *Pappie* mourrait.

Maman est une personne drôle mais abrasive à vivre, si l'on oublie de s'attendrir. Ceux qu'elle aime mourront, ou peut-être sont-ils morts déjà ou blessés ou malades et on lui ment, « tu as une drôle de voix, tu me caches quelque chose », et si nous ne donnons pas signe de vie, si nous n'avons pas répondu à un message, si nous ne téléphonons pas, c'est qu'il est arrivé malheur… Elle ruse alors, pour savoir ; elle appelait Valérie pour avoir de mes nouvelles, puis elle appela Nolwenn. Désormais elle ose moins. Elle lance ses appels sur WhatsApp, et ne téléphone que si vraiment nous ne réagissons pas. Mais ce n'est pas tant ma survie qu'elle vérifie. Maman tremble qu'en mourant, moi, ma sœur, l'abandonnions, comme l'ont abandonnée son père puis son mari ; comme l'aurait abandonnée sa mère quand elle avait deux ans.

Ce n'est qu'une hypothèse.

Bien sûr, je n'avais rien vu de cela – pas aussi clairement, avant de l'écrire ici. Et bien sûr – car écrire ne sauve rien – je réalise que sans même mourir, j'ai déjà trop souvent abandonné ma mère, en m'abritant de ses peurs, en traînant sur ce livre, en oubliant ses mots, fuyant dans mes malaises.

Tenez, ceci.

Le 2 juillet 2021, dans la salle d'honneur de la mairie du 17e arrondissement, rue des Batignolles à Paris (bâtiment de verre et de béton et d'acier de la Ve République, inauguré en 1972, devant moi pour ainsi dire), Evelyn a reçu la Légion d'honneur des mains de Boris Cyrulnik, psychiatre et psychanalyste, lui-même orphelin de la Shoah, ancien enfant caché, et dont le concept de résilience, cette capacité à revivre après les malheurs, semble à Evelyn le maître mot de son existence. Dans cette cérémonie, j'ai pris ma part.

« Je vais avoir la Légion d'honneur !

— Génial !

— C'est complètement dingue ! Tu imagines ce que Papa dirait…

— Mais c'est très bien ! On te décore pour tes témoignages ? C'est de nouveau Korsia ?

— C'est lui qui me l'a appris ! »

Haïm Korsia, le grand-rabbin de France, aime ma mère, et je pense m'aime aussi. Il est le plus républicain des prélats, dans un temps où cette vertu se dissipe. En 2017, il avait obtenu à Maman les Palmes académiques, distinction de l'Éducation nationale, amplement justifiée par l'engagement d'Evelyn auprès des écoles où elle témoigne, dit-elle, plus de cinquante fois par an a-t-elle calculé. Comme Haïm a aussi un passé d'aumônier militaire, c'était la toute nouvelle ministre de la Défense Florence Parly qui avait décoré ma mère et d'autres survivants. Mais ces Palmes n'étaient pas suffisantes aux yeux de Haïm, qui avait donc organisé mieux. Maman figurait dans la promotion du 1er janvier 2021. J'ai appelé « Rabinou », comme le surnommait Chirac, pour le remercier.

Maman était ravie.

« Vous vous rendez compte, je vais avoir la Légion d'honneur ! C'est n'importe quoi !

— Mais non, tu le mérites !

— Il doit bien se moquer de moi, Roger !

— Je suis sûr qu'il est très content. »

Roger, mon père, avait reçu en 1987 la Légion d'honneur du président Mitterrand, que nous aimions en juifs de gauche. C'était la juste récompense pour un enfant de la France qui avait bien écrit. Nous avions posé à l'Élysée. J'étais mal habillé, comme il sied à vingt-quatre ans. Papa avait l'air grave. Maman était en vert. Nous eûmes une belle journée.

Une génération plus tard, Evelyn rejoignait Roger dans l'ordre national. Son malheur d'enfant lui valait cette reconnaissance. Cette revanche ? Elle avait tant admiré, plus jeune, qu'elle méritait bien qu'on l'admire à son tour. Elle en parlait souvent, de cette médaille qui lui venait, et trop souvent pour dire que tout ceci ne lui importait guère : menteuse, je t'aime. À quel moment Maman m'a-t-elle fait penser à Oma, joyeuse d'être dans la lumière ? À quel moment m'a-t-elle agacé ?

« C'est n'importe quoi, cette Légion d'honneur ! J'imagine ce que Papa dirait !

— Il ne dirait que des choses gentilles !

— Je ne sais pas qui va me la remettre…

— Haïm ?

— Je ne sais pas… J'aimerais bien que ce soit Boris Cyrulnik…

— Tu veux que je lui demande ?

— Il a autre chose à faire, il ne sait même pas qui je suis ! »

De l'avantage d'être journaliste, j'envoie un message à Boris Cyrulnik, que j'ai connu il y a longtemps : il m'avait expliqué les blessures et les réparations de La Seyne-sur-Mer, près de Toulon, dont on avait détruit les chantiers navals. « Bonjour Boris. Bonne année. J'espère que vous me remettez… » Boris me remettait. Il montait à Paris en juillet. Six mois, un peu plus, à attendre, et à organiser des calendriers, une réception, Maman fébrile, juste ce qu'il faut, juste un peu trop. Le maire du 17e nous accueille en sa mairie, je le connais aussi. Je ne suis pas très fier de mes interventions. Le genre qui prend les choses en main, le fils influent : cette efficacité masque ma distance. Je ne suis pas au bonheur de ma mère. Est-ce que cela se voit ?

Le jour venu, je réalise, alors que, parti tard de chez moi, je presse le pas et presse mes garçons, que le pantalon de Léon, le plus petit, est déchiré – tragiquement déchiré, sur toute la hauteur des fesses, et le môme s'avance cul nu vers la gloire de sa grand-mère. Je fais le pari qu'une boutique sera sur notre route. Je ne trouve qu'un short-maillot de bain bleu rayé de blanc, qui peut donner l'illusion d'une culotte bon genre. J'arrive à la mairie dans un état second.

Je m'effondre de stress dans un coin de la salle. Je me force à saluer des proches, de la famille, Alain le compagnon de Maman, Cyrulnik, des vieilles dames, je me sens vide – d'une étrangeté que je ne m'explique pas. Léon a six ans, il s'agite encore. Assis près de Nolwenn que je cherche du regard et qui sait mon malaise, je prends Léon contre moi. J'entends Boris, dans un beau discours, reconnaître en Evelyn une petite sœur, avant d'accomplir le rite républicain.

Et là, au moment où Maman reçoit sa médaille, ma sœur Myriam se lève et marche vers notre mère, elle la rejoint, elle l'embrasse, elles sont ensemble, on les photographie – et je ne pense pas, sur le moment, je n'arrive pas à penser que je devrais me lever moi aussi pour embrasser Evelyn décorée, pour me montrer son fils. Je regarde Myriam qui marche, je regarde Myriam et Maman, et je reste sur ma chaise, scotché, ayant bloqué Léon entre mes jambes pour qu'il ne fasse pas de bêtise, et je vois de si loin – cinq mètres peut-être, une éternité – une joie dont je m'exclus.

Il est possible et vraisemblable que Maman, toute à sa fierté, n'ait pas remarqué qu'il lui manquait un enfant au climax de sa fête ; il est possible et vraisemblable que Myriam et moi n'avons fait que rejouer un classique familial : ma sœur sera toujours aux rendez-vous que je manque, pourquoi s'y arrêter ?

Parce que je vais porter ce baiser manqué jusqu'au bout de mon âge.

Je me connais.

Je ne résume pas notre lien à ma fuite, mais elle existe pourtant. Je pourrais y voir un juste retour de choses. Après tout, Evelyn autrefois ne voulait pas comprendre quand ses photos d'enfance me bouleversaient ! C'est bien mon tour de me dérober à ses émotions ? Je ne crois pas vraiment à cette revanche ; nous sommes simplement les jouets du décalage des sentiments. Il fut un temps où j'aurais souhaité qu'elle me parle, mais elle n'était pas prête. Et quand elle s'est mise à parler, je ne le souhaitais plus.

Ensuite, nous réparons.

Evelyn

Avant la guerre, mon père importait de la soie en Hollande et faisait fabriquer des cravates pour une maison suisse de Zurich, dont le patron s'appelait Monsieur Brunschvig. Nous l'avons revu après-guerre. Il visitait Amsterdam et venait manger chez nous le Chabbat midi. Je n'aimais pas trop ses visites. C'était un homme très beau, très grand, l'air d'un aristocrate, très riche et très religieux. Il trouvait que je me tenais mal à table. Je murmurais ou je bougeais, je ne respectais pas le silence des prières. Je crois que je me faisais des idées : j'avais un peu peur de lui. Il m'amenait du chocolat suisse.

Monsieur Brunschvig aimait beaucoup mon père. Il m'avait connue toute petite. Quand les Allemands étaient entrés en Hollande, il avait proposé de m'emmener avec lui en Suisse. On m'endormirait avec un somnifère, il m'installerait dans le coffre de sa voiture, il n'y aurait aucun danger, je serais en sécurité. Les Allemands ne fouilleraient pas une voiture helvétique ! Mes parents refusèrent de se séparer de moi. S'ils ne devaient pas survivre à la guerre, ils ne voulaient pas que je reste seule, sans eux, élevée par une famille non juive… Et puis, ils en étaient certains, ils survivraient !

« Pardon Maman… Je ne comprends pas… Si ce Monsieur Brunschvig était religieux, pourquoi t'aurait-il confiée à une famille non juive ?

— Il n'y avait pas tellement de juifs en Suisse, je ne sais pas…

— Tu en as voulu à tes parents de t'avoir mise en danger ? Je veux dire, quand tu y repenses maintenant…

— C'était un pari. Tout le monde faisait des paris. Les parents de mon amie Lonnie en avaient fait un autre… Tu as connu ses parents, Monsieur et Madame Lesser, des amis de Opa et Oma ?

— Ils l'avaient laissée à des paysans, c'est ça ?

— Au début de la guerre, ils avaient rencontré un couple dans un train. Ils avaient sympathisé. Ils avaient convenu que si les choses tournaient mal, ce couple s'occuperait de Lonnie... Quand ils ont été arrêtés, la baby-sitter de Lonnie s'est déguisée en infirmière et est allée la chercher au *Hollandse Schouwburg*... Elle a pris Lonnie par la main. Elles sont sorties du théâtre en marchant, et, passé le coin de la rue, elles se sont mises à courir à toute vitesse ! Elle a remis Lonnie aux amis des Lesser, qui l'ont cachée à la campagne, au sud des Pays-Bas. Ses parents l'ont retrouvée après les camps.

— Ils ont été déportés ?

— Comme nous. Madame Lesser a écrit un livre sur sa déportation où elle parle de moi. C'est à propos de Vught. Elle dit qu'elle regarde la petite fille d'une amie, "tellement malade”, et elle est contente “que Lonnie ne soit pas dans cet enfer...”

— Et tu n’en veux vraiment pas à tes parents ?

— Ils ne voulaient pas se séparer de moi ! Ils ont essayé de s’en sortir autrement... Les parents de Oma essayaient de nous faire venir en Argentine... Et Monsieur Brunschvig a réussi à nous obtenir des papiers du Honduras. Ça a marché aussi. Finalement, il nous a sauvés. »

Claude

Dois-je en vouloir à mes grands-parents d'avoir fait d'Evelyn cette petite fille malade, qu'une autre déportée regardait ? Ou leur pari, au contraire, les a-t-il sauvés ? Anny aurait-elle eu le courage de survivre, si elle n'avait pas dû faire survivre sa fille ? Jacob se serait-il laissé glisser ? Et connaissant ma mère, sa peur de l'abandon, que serait-elle devenue sans ses parents ?

Après son discours de Vught, en juin 2022, Evelyn n'est pas repartie avec Myriam et moi (elle reprenant l'avion pour Tel Aviv, moi le train pour Paris). Maman avait prévu de retrouver son amie Lonnie pour qu'elles aillent ensemble au village où celle-ci avait été cachée. L'idée était jolie. Ces deux femmes se sont aimées en menant des vies parallèles. Toutes deux hollandaises et filles d'immigrés juifs allemands, toutes deux ayant quitté leur pays en se mariant, Evelyn en France, Lonnie en Suisse et avant en Belgique (elle avait, quand j'étais petit, une jolie maison dans le quartier de Woluwe-Saint-Pierre à Bruxelles, où parfois nous faisions étape sur la route d'Amsterdam, un cerisier poussait dans le jardin dont les fruits, des Napoléon, étaient rouge et blanc)… Mais l'une avait été dans les camps, et l'autre cachée. Elles allaient enfin partager leurs guerres.

Evelyn est rentrée déçue à Paris. Le pèlerinage s'était mal passé. Elle avait trouvé Lonnie distante. Hostile ? Non, distante. Embarrassée de se retrouver dans ce village, à remuer de si vieilles histoires, avec Maman qui, j'imagine, ne masquait pas son émotion… J'étais embêté pour elle – mais au moins sa déception effaçait le traumatisme de Vught. Lonnie et Evelyn ont traversé ensuite un temps de silence. Lonnie a fini par dire à ma mère qu'elle n'avait plus envie de cette histoire et qu'elle ne voulait plus ressasser le passé. Maman ne parle plus de la Shoah à son amie d'enfance. Cela la peine un peu. À la toute fin de ce livre, dans nos dernières corrections, Evelyn a insisté pour que nous racontions bien l'histoire de Lonnie, et celle de ce couple qui l'avait cachée, elle et d'autres enfants. Elle m'a dit aussi que la baby-sitter de Lonnie, celle qui l'avait fait sortir du *Hollandse Schouwburg*, s'appelait Alice Kohn, et avait été une héroïne de la résistance hollandaise, une experte en faux papiers. J'ai pensé un instant que ce n'était pas notre histoire, mais je comprends que Maman garde aussi la mémoire des autres.

J'ai commencé ce travail ne voulant pas écrire un livre sur les camps. Au bout d'un moment, tous se ressemblent, sauf si l'on est Kertész, Wiesel ou Levi. Ce n'est pas du cynisme. Juste la conscience de mes limites face à une douleur trop grande, et l'incapacité à retenir le temps. Je ne crois pas au devoir de mémoire, ni à cette injonction faite aux derniers déportés de conjurer l'oubli qu'amènera leur mort. Notre vie exige trop de ces vieillards.

Il y a deux ou trois ans, une amie, programmatrice d'une émission de télé (une bonne émission, vraiment, exempte de facilité), m'avait demandé de contacter Evelyn pour l'inviter sur son plateau.

« Vous parlerez des camps, j'imagine ?

— On va se demander comment on pourra transmettre la mémoire de la Shoah quand les derniers déportés seront morts...

— Donc, tu veux inviter ma mère à discuter de sa mort ? »

Je n'avais pas transmis l'invitation. Maman me l'a reproché. Elle avait très envie de parler ! Donc j'avais tort. Mais je n'en démords pas. Le souvenir est une violence, et l'oubli fait partie de nous. Nous en avons oublié, des massacres, des enfants brûlés, des villages rasés, des cultures effacées, et il y en a eu tant, des familles tremblantes se regroupant près d'un bois de bouleaux ou un rocher au désert, le temps d'un répit, et un gosse sourit à sa mère sans savoir que dans une heure tout sera fini, par l'épée, par le gaz, par les balles ou les flammes. Nous oublierons sans doute, et même la Shoah, cela a commencé. S'effacent doucement Maidanek, Belzec, Sobibor – je parle de noms moins connus qu'Auschwitz ou Treblinka : le temps a déjà fait son œuvre. Ce sera plus long pour la Shoah que pour d'autres inhumanités, et ce sera freiné par les livres, les historiens, et oui, sans doute, par tant de témoignages que nous avons archivés... Mais à la fin, qu'y ferons-nous ?

Je ne crois pas en l'unicité de la Shoah, au sens où elle échapperait à l'histoire commune, mais je sais sa démesure :

cette éradication à l'échelle d'un continent de millions de personnes qui ne se vivaient pas toutes comme « un peuple », mais comme des citoyens, plus ou moins heureux, plus ou moins riches, plus ou moins miséreux, plus ou moins révoltés, de leurs pays respectifs, qui parfois priaient Dieu et parfois l'ignoraient, qui n'avaient en commun que la haine qu'ils inspiraient, et qui furent inventés comme peuple, comme peuple mauvais, comme peuple parasite, comme peuple nuisible et de trop sur la terre : inventés par leurs bourreaux, que pourtant ils ne menaçaient pas, bourreaux qui cauchemardèrent un juif qui n'existait pas, avant de le tuer.

Avoir été l'objet d'un fantasme de mort ne peut mener nos vies. Lonnie, l'amie de ma mère, a le droit d'enfouir en elle la fillette cachée qu'elle fut. Evelyn a tout autant le droit de se chercher encore. Mais l'une comme l'autre sont libres de leur choix. Ou alors, à quoi bon avoir vécu.

J'ai mis du temps à admettre la liberté de ma mère. Je n'y suis pas encore tout à fait. Disons que j'y travaille. J'avance vers elle. Je ne pense pas que ses témoignages changeront l'histoire, ni même retarderont l'oubli. Mais ils la soutiennent et la sauvent, même quand elle en souffre. Témoigner la répare. Elle se pardonne, témoignant, d'avoir vécu. À force de l'admettre, sans doute moi-même vais-je moins mal.

Je crois en l'unicité de ma mère, sinon de la Shoah.

Et je n'écris pas sur les camps.

Ou juste pour être certain que nous en sommes sortis ?

La survie d'Evelyn, d'Anny et de Jacob Sulzbach aura dépendu d'un enchaînement qui fait croire au destin.

Voilà ce Monsieur Brunschvig, que son nom soit béni, qui, faute d'avoir emmené Evelyn en Suisse, obtient pour elle et sa famille des papiers du Honduras – et ces passeports, qu'il envoie en Hollande occupée, parviennent au camp de Vught, dont le commandant convoque Anny pour lui remettre son courrier, paradoxe de l'efficacité allemande (Jacob est alors en train de saboter des ponts sur le Rhin, vêtu d'un pyjama rayé), ceci en mai 1943, quelques jours avant que les enfants soient évacués du camp pour partir à la mort.

Voilà Anny, qui n'écoute pas un étrange personnage, « bien habillé » dit-elle dans ses mémoires, un responsable du « conseil juif », *Judenrat* en allemand, un de ces collabos auxquels les nazis avaient confié le soin d'organiser la mort de leurs voisins, et qui finalement furent tués aussi bien. Ce collabo, à la gare de Vught, au moment où Anny monte dans le train, le fameux « convoi des enfants », qui doit l'emmener avec Evelyn et trois mille autres juifs vers le camp de transit de Westerbork, dernière étape avant la mort, lui dit de ne surtout pas montrer à l'arrivée son passeport de pays neutre, si jamais elle en possède un. Mais Anny, au contraire, montre ses papiers à Westerbork, à un autre personnage, membre de l'administration juive du camp, Herbert Kruskal, que son nom soit également béni, qui se présente à elle comme un ami de son mari Jacob, et Herbert cache la femme et la fille de Jacob dans une pièce, « ne bougez pas », le temps que le train reparte, sans Evelyn ni Anny, qui à Westerbork se reposeront.

Jacob les rejoindra à Westerbork à temps pour aider sa mère à monter dans le train de Sobibor, avant d'être transféré avec sa femme et sa fille vers Bergen-Belsen, où si l'on meurt, ce n'est que lentement, de coups, de faim ou de maladie : il n'y a pas de chambre à gaz dans ce camp allemand, et les plus faibles ne sont pas triés. C'est aux papiers du Honduras que les Sulzbach doivent Bergen-Belsen, que les nazis ont conçu comme un « camp d'échange » : une réserve d'otages. On y porte ses propres vêtements, pas les pyjamas rayés. Ce sont ces mêmes papiers qui les signalent à la Croix-Rouge, qui les évacue vers le sud de l'Allemagne, près du lac de Constance, dans un camp où elle prend déjà soin de familles anglaises déportées (le terme recouvre des réalités diverses) des îles Anglo-Normandes conquises en 1940 : Jersey et Guernesey, les îles de la légende de notre Victor Hugo.

Dans ses mémoires, Anny trace un portrait aigre-doux de ces dames anglo-normandes, qui firent la fine bouche quand elles furent libérées, en 1945, par des soldats français, pas assez chics pour elle. Je m'amuse d'en être indigné.

Anny décrit dans son livre les termes d'un échange que je n'irai pas vérifier dans les livres d'histoire : ce qu'elle dit me suffit. C'est parce qu'il voulait mobiliser des Allemands d'Amérique du Sud que le Reich aurait fait sortir de Bergen-Belsen des juifs sud-américains (fût-ce de papier), dont les Sulzbach. Donnant-donnant. Le train de la vie quitta la gare de Celle, à vingt-quatre kilomètres de Bergen-Belsen, le 21 janvier 1945 ; c'était un train de voyageurs, de grands wagons blancs siglés de la Croix-Rouge et non plus des wagons à bestiaux ; on avait douché les voyageurs avant de les emmener en autocar jusqu'à la *Bahnhof*. Une délégation venue de Berlin (étaient-ce des fonctionnaires allemands, ou des agents de la Croix-Rouge ?) leur souhaita bon voyage, et leur demanda de retirer leurs étoiles jaunes.

La veille, cette même délégation était venue à Bergen-Belsen auditionner les candidats au départ. La rumeur s'en était répandue dans le camp. Dans sa baraque, Anny avait entendu une dame demander à sa fille, malade et fiévreuse, de se lever vite et de s'habiller pour rencontrer ces gens venus de Berlin. Anny avait pris Evelyn avec elle, et s'était rendue du côté des hommes, dans la baraque où Jacob était couché, au bout de ses forces, demandant simplement qu'on le laisse tranquille. C'est là qu'en dépit des pleurs de sa fille qui défendait son papa, malgré la faiblesse de son mari, Anny lui cria dessus, le leva en tremblant, l'habilla et l'entraîna devant les officiels pour se montrer à eux et leur montrer le passeport – et ainsi Anny, Oma, entra dans ma légende.

Ce que raconte Anny sur Bergen-Belsen : qu'elle fut battue comme plâtre pour avoir dérobé une carotte pour Evelyn ; qu'elle obtint de déportées françaises, en échange de pain, un médicament pour Jacob gravement malade, médicament qu'elle appelle « Danginal sulfuramide », dont je suppose qu'il était un sulfamide ; les sulfamides furent en ce temps les premiers traitements antibactériens.

Anny nous dit enfin qu'un midi, elle alla frapper à la porte de la baraque 61, qui était celle des maîtres juifs du camp, que les Allemands avaient choisis pour s'épargner la quotidienneté concentrationnaire. Ils étaient des rescapés de la grande communauté de Salonique, en Grèce, des notables qui avaient organisé la déportation vers Auschwitz de leurs coreligionnaires, et qui en récompense avaient obtenu une sinécure sordide : une baronnie de kapos à Bergen-Belsen. Leur chef se nommait Jacques Albala, qui à Salonique avait dirigé une police juive supplétive des nazis, et qui à Bergen-Belsen marchait lors des appels derrière le commandant SS. Albala pensait à l'avenir. Il souhait apprendre l'anglais, pour être au rendez-vous le jour où les Anglo-Saxons libéreraient le camp.

Les Grecs étaient à table quand Anny toqua à leur porte. J'imagine la scène comme jouée dans *Le Parrain*, quand une humble femme sollicite une protection mafieuse. Anny dit qu'elle savait que Monsieur Albala désirait apprendre l'anglais. Elle pouvait l'aider. Elle voulait lui montrer un document important. Elle lui tendit son *Certificate of proficiency* de l'Université de Cambridge : un certificat de compétence attestant qu'elle était capable d'enseigner l'anglais, certificat qu'elle avait précieusement emporté, le jour de son arrestation. Les Grecs parlèrent dans leur langue, du judéo-espagnol. Jacques Albala sourit et dit à Anny de revenir le soir, après le travail.

En 1934, Anny Seligmann, bachelière allemande empêchée d'étudier chez elle par le pouvoir nazi, avait passé un an en Angleterre, à Brighton, dans une *boarding school*, parmi des jeunes filles amoureuses de leurs enseignantes (et c'est délice de l'imaginer parmi elles, une d'elles, un peu choquée, gentille Allemande, ou qui sait tentée). Elle était bonne élève. Anny avait passé son *certificate* de Cambridge en étudiant une pièce de Shakespeare (était-ce *Le Marchand de Venise* avec son personnage de Shylock, juif cruel et pitoyable ?), une autre de George Bernard Shaw (était-ce

Sainte Jeanne ?), un livre de Thomas Hardy (était-ce *Tess d'Urberville* ?), et un autre de Arnold Bennett, qui en son temps était une vedette et dont *Un conte de bonnes femmes*, *The Old Wives' Tale*, s'inspirait de *Une vie* de Maupassant.

Son diplôme fut une fierté toute son existence. Enfant, je ne mesurais pas ce que représentaient pour ma grand-mère les cours de français, d'espagnol et d'anglais, qu'elle donnait dans son salon ; près des gros livres de la bibliothèque attendaient des classiques annotés, qu'elle faisait lire à ses élèves : c'est dans une de ces éditions que j'ai découvert, de Labiche, *Le Voyage de Monsieur Perrichon*, cette pièce-bijou sur l'ingratitude. Adulte, je constate à nouveau de quel monde je viens, une *Mitteleuropa* polyglotte et lettrée, qui passait de Goethe à Shakespeare par-dessus les guerres et les barbaries, dont j'ai tout oublié, dont je n'ai rien su, ni rien demandé.

Anny, devenue Sulzbach, avait donné ses premiers cours à Amsterdam, pour gagner quelques florins sous l'occupation nazie. Elle poursuivit à Bergen-Belsen. Elle enseigna l'anglais au terrible Albala et à deux de ses congénères, qui la firent changer d'affectation et la payèrent en tranches de pain, lesquelles tranches achetèrent un médicament pour Jacob. Anny gardait également les enfants d'Albala, qui étaient mignons. Elle emmenait Evelyn chez les Grecs. Ainsi sa petite fille ne l'attendrait plus toute seule dans la baraque toute la journée. C'est pour elle qu'Anny avait osé toquer à la porte des maîtres.

Qu'aurait-elle pu tenter encore, Anny, pour mieux se faire pardonner ? Et pourquoi si vieille, riche de tant d'exploits, je ne m'en sors pas, avait-elle confessé son viol consenti ? Parce que vieille peut-être ou parce que triste. Pour ne plus être une sainte, ou l'être d'autant plus.

Oma, si tu m'entends ? Dayénou.

Dayénou signifie « ça nous aurait suffi » en hébreu. C'est une chanson de Pessah, la Pâque juive, qu'on entonne au Seder, le repas rituel (la Cène de Jésus et de ses apôtres). Une chanson joyeuse. Elle fait le lien de mes vies. On y décline les bontés de l'Éternel pour son peuple sortant d'Égypte, des châtiments infligés à Pharaon jusqu'à la manne tombée du ciel dans le désert, et après chaque vers, chaque faveur divine, on scande Dayénou.

« S'Il avait divisé la mer pour nous mais ne nous l'avait pas fait traverser sur la terre sèche – Dayénou ! S'Il nous l'avait fait traverser sur la terre sèche mais n'avait pas noyé nos oppresseurs – Dayénou ! S'Il avait noyé nos oppresseurs et n'avait pas subvenu à nos besoins dans le désert pendant quarante ans – Dayénou ! »

Il pourvut.

Pessah est une fête faussement bondieusarde et résolument universelle. Racontant la sortie d'Égypte, elle embrasse l'histoire des juifs, et au-delà tous les peuples qu'on plonge en esclavage et qui marchent vers la liberté. Ce que vécurent les juifs d'Allemagne en 1933, quand soudain leur pays décida de les haïr, en dépit des écrivains, des savants des mélomanes des artistes et des vétérans à la *Ritterkreuz*, n'est pas différent du sort des hébreux de la Bible, contre lesquels un jour se leva un Pharaon nouveau, qui n'avait pas connu Joseph, grand ministre du Royaume. Ce sont les hommes qui fabriquent les massacres, et ensuite, puisque tous ne meurent pas, viennent les miracles que l'on accorde à Dieu.

S'en contente-t-on.

Si Monsieur Brunschvig avait obtenu les passeports du Honduras, mais les postes suisses et hollandaises ne les avaient pas envoyés à Vught – Dayénou ?

Si les postes suisses et hollandaises avaient expédié les passeports, mais le commandant du camp de Vught ne les avait pas donnés à Anny – Dayénou ?

Si le commandant du camp avait donné les passeports à Anny mais celle-ci n'avait pas osé les montrer à Westerbork – Dayénou ?

Si les nazis avaient voulu échanger ma famille contre des Allemands d'Amérique du Sud mais Anny n'avait pas forcé Jacob à se lever pour être enregistré par la Croix-Rouge – Dayénou ?

Mais rien n'aurait suffi.

Evelyn

Je me souviens que je suis triste un jour d'été à Bergen-Belsen, quand ma mère cherche le sac à dos qu'elle a emporté de chez nous et ne le trouve pas ; il a été volé, j'imagine, et volées avec lui les petites robes d'été, les robes à fleurs de Mammie, qu'elle portait aux jours heureux. Cela me désespère. J'ai retrouvé dans le vieil album que Jaantje, notre amie et femme de ménage, avait sauvé, une photo de ma mère, près de moi, portant une robe à petites fleurs, à manches courtes, une robe Liberty. J'aime les tissus avec des petites fleurs.

Je me souviens d'une autre photo que j'ai retrouvée, un peu sombre, où je pose devant un buisson, je porte de grosses chaussettes ; à mes bonnes joues, je me donne huit ans, neuf ans, et j'ai toujours pensé que cette photo avait été prise après notre retour en Hollande... Un jour, je l'ai retournée. J'ai lu l'écriture de mon père : « Octobre 1945. » Nous étions donc encore à Biberach, dans le camp de la Croix-Rouge. Je m'étais remplumée. *Pappie* avait eu envie de me photographier. C'était un retour à la vie.

Je me souviens d'une chanson, que je chante sur scène, dans le noir, une chanson du vendredi soir, un chant de l'entrée du Chabbat, et les adultes devant lesquels je chante pleurent, et moi, je veux me sauver. J'ai longtemps pensé que cette chanson, je l'avais chantée au camp de la Croix-Rouge de Biberach, après Bergen-Belsen. Parfois, je me disais que non, c'était plus tôt, à Westerbork, où s'organisait une vie juive – mais j'avais oublié. Ou alors, à Amsterdam, après notre retour, mais quand ?

Je me souvenais de la chanson, ses premières paroles, « Ha'hama merosh », et de sa musique, mais je ne connaissais plus son nom, et où l'avais-je chantée ?

Ma fille Myriam a retrouvé la chanson sur Internet. C'était déjà bien. Et puis – en mai 2023 – j'ai posté des photos sur Facebook pour marquer le Yom Haatsmaout, l'anniversaire de la naissance de l'État d'Israël, et j'ai rappelé que le jour de cette naissance, le 14 mai 1948, *Pappie* m'avait emmené au *Concertgebouw* où la communauté juive s'était réunie.

Dans les commentaires, j'ai lu cette réponse de mon frère Jules.

« Tu oublies de rappeler que tu avais chanté ce soir-là au Concertgebouw, et notre cher docteur Dasberg en avait été ému jusqu'aux larmes. »

(Nous lisant, Nolwenn me demande avec insistance qui était ce docteur Dasberg, et insiste : c'est agaçant, on n'est pas dans vos têtes ! J'admets. Le docteur Dasberg était le médecin de famille des Sulzbach. J'ai demandé à Maman. En même temps, ce n'est pas le sujet essentiel.)

J'ai répondu à Jules.

« Moi, je suis montée sur scène pour la naissance d'Israël ? *Ha'hama merosh*, c'était là ? Je me souviens d'une salle sombre où je chante, des gens qui pleurent et je me sauve. Comment sais-tu ça ?

— Apparemment tu étais dans une chorale, ou bien tu as chanté seule. Le docteur Dasberg a été ému. Tu chantais magnifiquement. Mammie me l'avait raconté, je pensais que tu le savais…

— Merci, enfin je sais où j'ai chanté ! J'étais seule. Oui, j'avais une très jolie voix, mais ce n'est plus le cas… »

Claude

Evelyn a vraiment une jolie voix. Et oui, elle se grippe un peu avec l'âge. J'aurais dû l'enregistrer avant – quelle bizarrerie pourtant – les soirs de la Pâque, dans une action de grâce – le *Hallel* – que l'on entonne pas loin de *Dayénou*.

Je vois Nolwenn sourire, qui chante juste et dont l'oncle Michel est un pianiste virtuose et la cousine Pamina une chanteuse de jazz, dont la mère Christine et le père Jacques se connurent dans le chœur de l'orchestre de Paris, parents mélomanes qui fréquentèrent sans y voir malice Boulez et Barenboim et Claudio Abbado – Nolwenn qui se drape d'indulgence quand je chante aux enfants mes trésors intimes, du Fréhel et du Lucienne Delyle, et qui mesure sa malice quand nous parlons musique, ma mère et moi, si nous osons.

Je ne lui en veux pas de connaître ce que nous imaginons.

Evelyn se souvient qu'elle vit jouer Barenboim enfant à Amsterdam, et qu'un vieux chef d'orchestre avait embrassé le bambin miraculeux. Elle écoutait les concertos de Beethoven par Barenboim sur des cassettes. Elle regrettait qu'il eût délaissé le piano pour la direction d'orchestre.

Elle pensait qu'il était même meilleur pianiste que le grand Arthur Rubinstein, que nous regardions invité par Jacques Chancel au « Grand Échiquier », au meilleur de la télévision française. Je ne pense pas qu'elle ait changé d'avis. Elle me faisait écouter autrefois la *Petite Musique de nuit* de Mozart, et pour mes onze ans m'acheta les *Danses hongroises* de Brahms. J'en connaissais déjà une, qui illustrait un conte terrifiant, *Barbe-bleue*, que j'écoutais plus petit sur un 45 tours.

J'imagine Nolwenn soupirer, qui pense et dit (car elle n'a pas de filtre) que ma mémoire maniaque et mon oubli des codes sociaux (car s'infliger et infliger aux autres tant de détails est une transgression sociale) démontrent mon trouble du spectre autistique – sans doute léger.

Et je me dis que c'est mon neuro-atypisme, et non pas mon indifférence aux autres, qui m'a fait passer si longtemps à côté de ma mère.

Evelyn m'a envoyé son dialogue avec son frère, de peur que je le rate sur son Facebook. J'ai traduit cet échange : il était en anglais. Il était important pour elle que je sache. Elle me transmet ainsi ce qui compte vraiment : sa quête d'elle-même, mais aussi ses minuscules et sublimes victoires, quand elle retrouve une pièce d'un puzzle si grand, si vieux, tellement complexe...

Je suis heureux qu'elle m'implique dans son chant de Chabbat. Il n'y a pas si longtemps, elle aurait gardé sa redécouverte pour elle. Nous approchons d'un bon moment, elle et moi. Y verra-t-on une résilience ? Ce n'est pas seulement moi : elle vit un bon moment avec son frère Jules, et ce n'est pas rien.

J'écris ici avec précaution. Mais pour dire les choses aussi simplement que possible : entre Evelyn et Jules, la Shoah a creusé un gouffre. Je connais depuis longtemps (Maman m'en a beaucoup parlé) le syndrome de la deuxième génération : il touche des enfants de déportés, qui souffrent d'une tragédie qu'ils n'ont pas vécue. Je ne sais pas si je suis concerné, mais mon oncle est un cas d'école.

Ce ne fut pas simple pour le corps de ma grand-mère d'enfanter après les camps. En 1950, Jules fut une victoire et un enfant de la vie retrouvée, un petit garçon aux bonnes joues, choyé par des parents pas encore vieux et chéri d'une grande sœur, qui le quitta brutalement quand il avait huit ans, épousant un Français. L'histoire familiale dit qu'au mariage d'Evelyn, Jules donnait des coups de pied à Roger. Il grandit seul avec ses parents. À quel âge a-t-il ressenti le manque ? Quand s'est-il trouvé différent de n'avoir pas été déporté ?

Dans une maison où l'on ne parlait pas de la guerre, car on avait choisi de vivre en repoussant le passé, à chacun ses cauchemars, Jules a fermenté sa peine. Evelyn ne savait pas lui répondre. Elle-même s'était verrouillée.

Je passe sur les conflits et les drames, les psychoses de l'un et les non-dits de l'une, les héritages qu'on se dispute – je parle de symboles. Mon oncle est un homme croyant, qui à la synagogue chanterait mieux encore que son père, était-ce possible ? Evelyn s'est imprégnée de l'impiété française, mais elle a été la patiente gardienne de leur mère (Jules est parti vivre au Canada avec son épouse Carla, et c'est plus loin d'Amsterdam que Paris). Maman a souffert par son frère. Lui pense avoir souffert par elle. Parfois, ils ne se parlent plus, et puis ils se manquent. Jules a passé soixante-douze ans ; pour moi il reste ce vieil enfant blessé, qui cherche sa place dans la mémoire de sa famille. Suis-je si différent ? Jules a traduit en anglais la charge du *GrossPapa* Sulzbach contre Ernest Renan. Il poste de vieilles photos de famille. Il a aidé Maman. Ils vont mieux.

La chanson du souvenir d'Evelyn a été composée par Haïm Nahman Bialik, qui figure en Israël un poète national. Il naquit en Volhynie et vécut dans la Palestine juive des premiers temps du sionisme, dans la jeune Tel Aviv. Il quitta le yiddish, l'idiome des juifs d'Europe de l'Est, et fut de ceux qui ranimèrent la langue hébraïque. Il mourut en 1934, quatorze ans avant la création de l'État – et donc quatorze ans avant qu'Evelyn ne le chante. Il ne connut pas la Shoah. Mais à trente ans, en 1903, il avait écrit un poème que je viens de relire et qui me glace le sang, sur le pogrom de Kichinev, aujourd'hui Chisinau, capitale de la Moldavie, pogrom qui fit un peu moins de cinquante victimes mais qui semblait, à l'aube du XXe siècle, l'absolu de l'horreur.

Et tu dresses la tête – il n'y a pas de ciel,
Un toit, un toit muet avec des lattes noires,
Une araignée y pend – va, demande à l'insecte brun,
Il a tout vu, il fut témoin,
Témoin vivant dans ce grenier,
Alors laisse-le te conter toutes les histoires,
Celle du ventre ouvert que l'on bourra de plumes,
Des narines percées de clous et des crânes sous le marteau,
Des têtes après la tuerie pendues comme celles des oies
Au bord de la fenêtre du grenier,

D'un enfant endormi au côté de sa mère
La bouche ouverte sur un sein sectionné,
Celle d'un autre enfant, écartelé vivant
En même temps que son ultime cri
Une moitié de Ma… Maman demeure inachevé,
Et tant et tant d'histoires terrifiantes,
Qui te forent la tête et vrillent ton esprit
Et qui tuent à jamais ton âme.
Et tu étouffes dans ta gorge un hurlement,
Et tu bondis, et tu cours dans la rue
Et le monde est pour toi encore comme hier
Et sans vergogne le soleil comme toujours
Verse sur chaque seuil, à chaque porte, sa lumière,
Jette ses perles aux pourceaux…

Finalement, qu'importent les grands nombres, après la Shoah aussi le soleil a brillé, et pas seulement pour les pourceaux.

Il me revient que Maman prend superbement le soleil, et bronzait de manière impressionnante sur nos plages normandes quand j'étais enfant. Elle était petite et noiraude, personne ne croyait qu'elle fût hollandaise.

On appelait le *Yichouv* la communauté des juifs de Palestine avant la naissance d'Israël. Une société s'y inventait sans même un État. Il s'y forgeait une culture nourrie de la tradition juive, mais sans les rigidités de la religion. Le poète Bialik prônait la joie du Chabbat, Oneg Chabbat, une célébration hédoniste du septième jour. Ironiquement, cette expression, « Oneg Chabbat », ou « Oneg Shabbos » dans la prononciation yiddish, fut le nom que se donnèrent les témoins rassemblés par l'historien Emmanuel Ringelblum, qui tenaient sous les nazis la chronique et préservaient les archives de la lente mort du ghetto de Varsovie. Ils dissimulèrent leurs textes dans des boîtes métalliques et des bidons de lait. Une partie s'est perdue, comme des souvenirs d'Evelyn.

Le chant de Bialik s'appelle « la reine Chabbat », Chabbat HaMalka. C'est une métaphore courante que la comparaison du jour du repos à une reine, ou une fiancée. Le début du texte, dont se souvient Evelyn, « Ha'hama merosh », évoque le coucher de soleil.

Au sommet des arbres le soleil disparaît.
Allons au-devant de la reine Chabbat.
La voici qui s'en vient, la sainte, la bénie,
Et avec elle des anges – l'armée de la paix et du repos.
Viens, viens, ô reine !
Viens, viens, ô fiancée !
Salut à vous, anges de la paix !

Il y a plusieurs couplets. Je les ai envoyés à Evelyn avec une autre version, chantée, meilleure que celle que ma sœur avait trouvée. Elle m'a remercié par texto.

« Ce chant me fait presque pleurer... Des souvenirs enfouis, même pas sûre que je l'aie chanté à Amsterdam mais je l'ai chanté ! »

Même pas sûre.

Evelyn

Non, même pas sûre.

En y réfléchissant je ne crois pas avoir chanté au *Concertgebouw* le 14 mai 1948. Je ne parviens pas à me voir sur cette scène. Je nous vois, Pappie et moi, ensemble, dans une salle où l'on retransmet la proclamation de l'Indépendance d'Israël. Il y a un haut-parleur sur la scène. J'entends la voix de David Ben Gourion, le premier Premier ministre de l'État. Mais je ne me vois pas chanter. Au *Concertgebouw*, la salle était claire, les lumières étaient allumées. La salle où j'ai chanté était très sombre. Je n'ai que cette image : une salle très sombre où je chante *Ha'hama merosh*, et les gens pleurent quand je chante, et quand j'ai fini de chanter, je me sauve, parce qu'ils veulent m'embrasser.

Claude

Quand Evelyn m'a dit une nouvelle fois qu'elle se souvenait d'une salle noire où elle chantait devant un public en larmes, je l'ai interrompue. « Oui, tu me l'as déjà dit ! » C'était à la fin de l'écriture du livre. Précisément, c'était *après* l'écriture du livre, au moment où nous relisions ensemble le manuscrit. Je ne comprenais pas pourquoi il fallait revenir sur cette affaire résolue : elle avait chanté pour la naissance d'Israël, c'était limpide, pourquoi ne pas l'accepter ? Pourquoi vouloir à nouveau déconstruire cette histoire que j'avais tant de mal à faire tenir debout ? Fallait-il rouvrir nos fichiers, bouger des paragraphes, rajouter un chapitre pour se démentir soi-même ?

(C'est exactement ce que nous avons fait. Ici même, dans ces mots.)

« Mais puisque Jules te l'a dit ? Puisque ce docteur Dasberg se souvenait de t'avoir entendue chanter ?

— Je n'y crois pas ! Je ne me vois pas au *Concertgebouw* !

— Tu savais que la chanson était de Bialik ?

— Ah non, je ne savais pas…

— C'était logique qu'une petite fille chante du Bialik pour la création d'Israël. C'était le poète du sionisme ! »

Et il était logique qu'une assemblée de juifs pleure, trois ans après la fin de la guerre, devant une fillette rescapée des camps chantant pour l'avènement de l'État juif. Mais que vaut la logique apparente de l'histoire et d'un fils impatient face à une mère dont tout dépend, et qui ne se voit pas ?

Je préfère ma mère à la logique.

David Ben Gourion avait proclamé l'État d'Israël un vendredi soir, avant que tombe le Chabbat – avant que ne vienne la reine Chabbat, que Maman a chantée un jour, devant une salle sombre, en ayant peur que des gens en larmes l'embrassent, et elle ne sait toujours pas où, elle ne sait pas quand, et sans doute ne le saura jamais, et je ne sais si elle veut le savoir, si elle en est capable.

Et je peux décider ici que je préfère cette scène suspendue, qui tient du rêve autant que de la réalité, à toutes ses incarnations charnelles. Car cette scène me dit Evelyn.

Maman est devenue son propre doute.

Evelyn

Le lendemain de notre arrivée à Biberach, nous avons fait un bonhomme de neige. Je n'étais pas la seule enfant du camp de la Croix-Rouge. Nous avons roulé une petite boule de neige pour la rendre grosse, et une autre boule pour la tête. Nous faisions des batailles de boules de neige. Je pleurais quand on me touchait. En une journée, j'étais redevenue une petite fille.

Nous avons joué à des jeux de société. Je me souviens d'un garçon qui devenait jaune de rage quand il perdait.

Ma mère s'était improvisée maîtresse d'école avec son amie Schapi, qui écrivait des poésies d'une écriture nette. Cela chahutait pas mal dans la classe de ma mère. J'ai appris à lire et à écrire et à faire des calculs.

Nous recevions des paquets de nourriture. Ceux de la Croix-Rouge américaine étaient meilleurs que ceux de la Croix-Rouge anglaise. Je me souviens d'une dame qui mangeait d'une traite les boîtes de lait concentré sucré, et disait en anglais, c'était son rituel : « *I open a tin, I eat it up, finished!* » J'ouvre une boîte, je la mange, fini ! J'imagine qu'elle avait gardé de Bergen-Belsen la peur de se faire voler.

Nous dormions dans des chambrées, mais c'étaient de vrais lits, avec des draps. Je me rappelle que pour m'endormir, je suçais mon pouce et le bruit dérangeait des femmes qui me demandaient d'arrêter. Je ne pouvais pas m'en empêcher.

Quand nous sommes revenus en Hollande, mes parents me réveillaient parfois la nuit. Ils voulaient me montrer à des amis qui avaient réussi à fuir l'Europe avant la guerre, et qui revenaient dans l'espoir de retrouver leurs familles. Avaient-elles survécu ? Que je sois vivante était une espérance. C'était donc possible ! Je me souviens des Cohn, des juifs allemands comme *Pappie* et *Mammie*, qui venaient des États-Unis. Ils nous avaient rapporté une photo de moi petite, dans un manteau blanc. Ils voulaient voir Evelyn qui avait traversé la guerre et qui était saine et sauve. Leurs larmes me dérangeaient. Je n'avais qu'une envie, retourner dans mon lit. Je me sauvais.

J'étais timide et je voulais être normale.

J'étais normale.

À Amsterdam, mes parents m'ont inscrite dans une école publique, puis dans une école juive, qui s'appelait Rosj Pina *(graphie néerlandaise de Rosh Pina, nom d'une localité juive créée dans les premiers temps du sionisme en Galilée, au-dessus de Safed).* Les survivants de la communauté juive voulaient reconstruire. L'école se trouvait Van Ostadestraat, dans un quartier pauvre du Zuid appelé *de Pijp*, la pipe, quartier qui est aujourd'hui très *in* !

J'ai passé trois années extraordinaires dans cette école. Je montre dans mes témoignages mes photos de classe. On m'y voit entourée de quarante enfants, tous sortis comme moi de la guerre, ayant été cachés, ayant vécu dans des ghettos, ayant survécu aux camps de concentration – l'un d'entre nous, dont la famille venait d'Indonésie, avait été dans un camp japonais... Mais de nos guerres et de nos camps, nous ne parlions jamais. Nous étions quarante et un élèves vivants et chahuteurs qui ne se posaient pas de questions, ni sur le passé, ni sur le présent.

Je savais que ma meilleure amie, Dineke, n'avait pas de père. Je ne lui ai jamais demandé pourquoi. Elle n'était pas la seule. Esther et sa sœur Fanny habitaient chez leur tante avec leurs cousins et cousines, Tony et Lea et Sino qui ne les aimaient pas ; Terry vivait avec une tante pas vraiment sympathique. Nous ne nous étonnions de rien.

Le matin, mon voisin Johnny venait me chercher, il sifflait devant notre immeuble, il habitait en face de chez nous avec ses parents et ses deux frères. Je descendais à toute vitesse. Mon père s'énervait : on sifflait sa fille et elle courait ! Johnny avait été caché « quelque part » pendant la guerre, au centre des Pays-Bas ; il en avait rapporté (« Je l'ai trouvée au grenier, là où j'étais ») une bande dessinée qu'il me prêtait. Nous rejoignions les Eisenmann, une tribu ! – emmenée par Gershon et sa sœur. Gershon était mon fiancé ! Nous courions pour rattraper notre retard, et ne pas être forcés de sonner à la porte de l'école : on nous aurait punis. Nos maîtres et nos maîtresses, comme nous des survivants, ne nous parlaient jamais de la guerre qui venait de s'achever. On nous enseignait les vieux combats de la Hollande, des Provinces-Unies, contre la France ou l'Espagne : le programme d'histoire.

Tout était normal. Même mes parents étaient normaux, je m'en persuadais. J'avais effacé de ma mémoire mes peurs des camps, même la chute de mon père dans la neige en arrivant à Biberach. Ce sont mes cauchemars de femme adulte qui me l'ont rendue.

Après l'enterrement de ma mère, en mars 2019, j'ai passé la semaine de deuil, la *Shiva (du nombre Sheva, sept)* chez elle, au 31 Holbeinstraat, sans sortir, à recevoir les visiteurs, selon la tradition juive. Le troisième jour de la *Shiva,* on a sonné à la porte. Je suis allée ouvrir. Devant moi, un Monsieur que je ne connaissais pas.

« Bonjour, qui êtes-vous ?

— Joop Ascher !

— Joopje Ascher ? »

J'étais abasourdie. Lui souriait. Joopje Ascher, le petit Joop, que je n'avais plus vu depuis l'école primaire ? C'était le petit garçon au deuxième rang du haut de ma photo de classe du CE2, à côté de Lex Prins, qui était son meilleur ami (je me souviens de tous les enfants, et qui était ami avec qui).

Joop s'est assis dans le salon de ma mère. Il habitait toujours Amsterdam. Nous avons parlé de la guerre. Je lui ai posé les questions qui dans notre enfance ne se posaient pas.

« Où étais-tu pendant la Shoah ?

— À Bergen-Belsen.

— Moi aussi…

— Oui mais toi tu es revenue avec tes parents. »

Je me suis demandé si je savais, petite fille, que Joop n'avait pas de parents. Il vivait chez son oncle et sa tante, ça je le savais. Je n'allais pas plus loin. Nous prenions les choses comme elles étaient. La vie était ce qu'elle devait être.

À la fin de Rosj Pina, tous les enfants de ma classe sont allés au lycée juif; sauf moi. On n'y enseignait pas le latin, et mes parents y tenaient. Je me suis inclinée : je ne discutais jamais.

Je ne connaissais personne au lycée de jeunes filles. Le jour de la rentrée, j'ai rencontré une fille qui ne connaissait personne non plus. Nous sommes restées amies jusqu'au bac et au-delà.

Je suis devenue de plus en plus normale.

Je retrouvais mes amis juifs les samedis après-midi dans un mouvement de jeunesse. Nous partions en vacances. J'avais mes amies non juives au lycée, où je rencontrai aussi Lonnie, que j'ai gardée jusqu'à aujourd'hui. Elle revenait d'Israël où ses parents avaient tenté leur chance, contrairement à nous. Elle avait une petite sœur. J'avais un petit frère. Nous les gardions ensemble. Avec Lonnie, qui avait été cachée, nous parlions un peu de la guerre. Pas plus que cela. Nous étions si petites, elle privée de ses parents, moi dans les camps. Cela ne nous traumatisait pas.

Claude

Sur l'après-guerre, la mémoire de Maman m'impressionne. Témoignerait-elle de son retour à la vie, son existence serait plus simple. Je me souviens qu'elle me racontait que, jeune fille, elle avait un copain qui dansait le rock, avec les passes et tout ça. C'était l'époque où elle n'avait pas perdu l'amour des Pays-Bas.

Il reste chez elle des imprécisions mignonnes ; je ne sais pas si je les mets sur le compte de l'âge ou de sa distraction. Evelyn vit dans son monde. Elle me dit souvent que mon plus jeune fils, Léon, lui ressemble : il a le don de se couper des autres et de leur brouhaha dès qu'il se plonge dans un livre ou dans un jeu.

Dans le texte qui précède ce livre, et qu'elle a appelé « Entrouvrir la porte de ma mémoire enfouie », Evelyn écrit que la bande dessinée ramenée de sa cachette par son ami Johnny était une traduction hollandaise des *Pieds Nickelés*. Je me suis étonné de trouver sur son chemin Croquignol, Ribouldingue et Filochard, les apaches inventés à la Belle Époque par le merveilleux artiste et turfiste Louis Forton ;

je n'aurais pas imaginé qu'une œuvre tellement française ait séduit les Pays-Bas.

Je vérifie.

« Tu es certaine qu'il s'agissait des *Pieds Nickelés* (et je lui envoie par SMS une image des trois zouaves) ?

— Ça s'appelait *Sjors en de rebellenclub*, "George et le club des rebelles". »

Je cherche sur Google *Sjors en de rebellenclub*. Je tombe sur Perry Winkle, un garçonnet bien mis coiffé d'un bonnet qui pourrait être breton, chef d'une bande de loustics, inventé par le dessinateur Martin Branner, qui fut d'abord un personnage secondaire d'un *comic strip* consacré à Winnie, sa grande sœur, belle Américaine coiffée à la garçonne en quête d'émancipation. Nous avons connu Perry et Winnie Winkle, en France, sous le nom de *Bicot et Suzy*, et ses « *rebellen* » chez nous se nommaient les « Ran-tan-plan ». Je me demande si Goscinny pensa à Bicot pour inventer le chien fétiche de Lucky Luke. Mon père, il y a un demi-siècle – il aimait les bandes dessinées de son enfance –, m'avait rapporté des belles rééditions de *Bicot* et des *Pieds Nickelés* ; les albums étaient voisins dans la bibliothèque : est-ce l'explication de la confusion de Maman ?

Je me passionne pour des détails de l'histoire. Ce pointillisme est un scrupule ou une fuite, ou la preuve de mon léger Asperger. Je suis un vieux bonhomme qui, jeune, n'a pas posé de questions. J'interroge Evelyn. Je grave ce qu'elle me dit dans mon cerveau fatigué. Ma mémoire-cache déborde. Je perds des données. J'envoie alors à Maman des

SMS fiévreux. Elle me répond à nouveau. Je synthétise les versions. Je la rappelle.

« Après la guerre, Opa a repris son commerce de tissus avec Brunschvig ?

— Oui, mais ça n'a pas marché. Il est allé travailler pour un de ses amis qui importait du bois. Le bois était allemand. Opa allait le négocier en Allemagne de l'Est... Mais son ami n'a pas voulu faire de contrat. Alors Opa a essayé de monter sa propre entreprise, mais il n'y connaissait rien, et ça n'a pas marché...

— Quand on allait en Hollande, il avait plein de papiers dans son bureau. Il donnait l'impression de travailler énormément...

— C'était difficile... Il ne travaillait pas beaucoup. Il a fait de la comptabilité aussi.

— C'étaient ça les papiers ?

— Il a travaillé à mi-temps dans une banque après son premier infarctus, en 1971. Ça lui faisait plaisir mais il avait tellement peur que c'était une pitié. Et puis il a eu un nouvel infarctus et c'était fini.

— Mais s'il ne travaillait pas beaucoup, comment vivait-il ? Je veux dire, la maison de Holbeinstraat était belle.

— Oh ! Ils l'avaient achetée pour quasiment rien. Il y avait un sous-locataire qui ne voulait pas partir... Il était antisémite. Nous avions attendu.

— Mais vous viviez de quoi ?

— Oma donnait des cours. Et puis ils ont eu l'argent des réparations allemandes...

— Et ça suffisait ?

— Ils faisaient attention. Ils faisaient attention à tout. Ce n'était pas toujours facile. Je t'ai parlé de la tante Paula – celle qui nous avait nourris de poulet au beurre, tu te souviens ?

— Oui...

— Elle a fini par partir en Argentine. Elle n'avait pas le droit d'emporter de l'argent liquide, c'était interdit à l'époque. Alors, elle a pris son argent, des liasses de billets de banque, et elle a emmené Oma dans un magasin très chic, Hirsch, au Leidseplein... Et là, elle a acheté des vêtements, des sous-vêtements, des draps, des nappes, des serviettes, en soie, en lin, qu'elle a emportés avec elle...

— Et elle n'a rien offert à Oma ?

— Je crois qu'elle lui a donné des mouchoirs. Oma était écœurée.

— Tu as souffert de ne pas avoir d'argent ?

— Non. Je m'en moquais ! Ça ne m'a vraiment embêtée qu'une seule fois. Quand je me suis mariée avec Papa, nous n'avons invité personne. Opa et Oma ont fait un buffet chez eux pour la famille... Il n'était pas question de louer une salle ou un restaurant. Je n'ai même pas pu inviter Lonnie... Opa et Oma ne voulaient pas qu'elle sache que nous ne pouvions même pas organiser un vrai dîner. Ils ne disaient jamais dans la communauté juive qu'ils avaient des ennuis d'argent. Des années après, Lonnie m'a reproché de ne pas l'avoir invitée à mon mariage. Comment avais-je pu lui faire ça, à elle, ma meilleure amie ! Je lui ai répondu : "Mais ma chérie, nous n'avions pas un sou et je ne pouvais pas te le dire ! "

— Et qu'a dit Lonnie ?

— Qu'elle s'en serait foutue ! Mais c'était comme ça. Opa et Oma étaient les seuls à ne pas avoir d'argent. Les autres familles allaient deux fois par an à Saint-Moritz, en Suisse, dans un hôtel cachère. Nous, de temps en temps – cela rendait Opa tellement heureux ! – et ensuite, on comptait nos sous... Je me souviens bien de notre conversation avec Lonnie... Quand nous avons commencé à aller à Amsterdam en voiture, nous nous arrêtions pour passer la nuit à Bruxelles. Je n'arrivais jamais à retrouver sa maison à Woluwe... J'allais dans un café pour lui téléphoner. Quand vous étiez couchés, nous restions toute la nuit dans son jardin. Nous faisions le point sur nos vies... »

Je me souviens de Bruxelles où nous nous perdions, et du jardin au cerisier. Il faut bien se souvenir de quelque chose.

Il est décidément étrange de n'avoir rien vu de sa propre famille. Il est peu surprenant que ma sœur Myriam (je l'appelle, un peu secoué) me dise qu'elle savait, qu'elle avait toujours su le dénuement et les masques de nos grands-parents. « Tu ne voyais pas qu'ils faisaient attention ? Ils n'achetaient pas trop de viande. Ils comptaient tout... » Non, je ne voyais rien. Je prenais pour argent comptant les apparences qu'entretenaient Opa et Oma. Je peux aussi mettre cela à mon crédit : il aurait été cruel de les démasquer.

Je pense soudain que Roger, mon père, fils d'artisan casquettier, enfant du prolétariat ashkenaze de Paris, mon père qui après la guerre dormait dans le même lit que sa grand-mère, et qui adulte avait accepté pour nous faire vivre de se soumettre à la bureaucratie gentille mais étriquée des institutions juives (elles publiaient le mensuel *L'Arche*, qu'il dirigeait), mon père adepte de Jacques Prévert mais qui avait dû en rabattre de sa poésie, museler l'anarchie de ses vingt ans, pour survivre en ce bas monde – mon père devait contempler sans indulgence la comédie bourgeoise des parents de sa femme.

Ou bien avait-il pitié ?

À Papa non plus je n'ai pas parlé.

Je lis alors à nouveau le mariage hollandais de son roman. Deux personnages renvoient à ma mère. Becky, la gentille mariée, dont les parents – aimables, prospères et doux – ont reconstruit à Amsterdam le bonheur de vivre de l'Allemagne d'avant, et régalent la compagnie de Schnaps et de cigares. Et Irit, dont le père, juif allemand lui aussi, n'a jamais réussi à reprendre pied après la guerre, subit une existence qu'il ne désire plus, et subit la condescendance de ses amis, qui eux n'ont pas abdiqué ; Irit est belle et vénéneuse ; elle séduit pour le détruire le fils des bourgeois qui méprisent son père.

Je me demande si Maman a ressenti de la haine.

« Tu en voulais aux gens qui regardaient Opa comme un raté ?

— Je ne m'en rendais pas compte. Je l'ai su plus tard.

— Comment cela, plus tard ?

— Quand j'ai lu ce que des gens écrivaient… Willy, le cousin de Oma. Je l'adorais, Willy ! Il a écrit ses mémoires. Il racontait notre retour en Hollande, comment Anny était joyeuse et forte, alors que Bob faisait des petits trafics…

— Bob ? Ah oui, c'est comme ça que Oma appelait Opa ! Je n'y pensais plus…

— Tout le monde l'appelait Bob !

— Jacob, Bob… Ça venait d'où ?

— Déjà avant la guerre je pense…

— Et qu'est-ce que Willy reprochait à Opa ?

— Il disait qu'il avait trafiqué des cigarettes pour acheter un vélo… Mais c'est vrai qu'il m'avait acheté un vélo ! C'était un vélo Raleigh, Opa me l'avait rapporté d'Angleterre. Et il l'avait acheté avec des cigarettes…

— Je ne comprends pas. Il trafiquait des cigarettes ?

— Il avait ramené des cigarettes de Biberach. Je pense que c'est ça…

— Des cigarettes américaines ? Et il était allé en Angleterre pour les vendre pour t'acheter un vélo ?

— Il était allé voir son oncle. Un de ses oncles, qui l'aimait beaucoup… Qui le préférait à ses frères et sœurs.

— Pour lui demander de l'argent ?

— Pour lui raconter…

— Et il en avait profité pour te rapporter le vélo… »

Je me souviens. Maman nous parlait souvent, quand j'étais petit garçon, de son vélo Raleigh. Je trouvais même ça étrange qu'on lui ait offert un vélo anglais, et pas un Batavus ou un Gazelle, un Union à la rigueur – un beau vélo hollandais, qui freine en rétropédalage… Mais Raleigh est une grande marque. Elle existe toujours. C'est pour Raleigh qu'a été inventé, en 1902, un système de vitesses intégrées au moyeu de la roue arrière. Raleigh (sous le nom de Ti-Raleigh) fut aussi une solide équipe cycliste, avec laquelle Joop Zoetemelk remporta enfin le Tour de France en 1980.

Joop – au sourire un peu triste – fut six fois deuxième du Tour. Il était mon coureur favori ; un Néerlandais marié et installé en France, en Seine-et-Marne, pas loin de Meaux, qu'on surnommait « le Hollandais de Germigny-l'Évêque », et qui avait longtemps couru chez Mercier avec notre Poulidor, dont la fille épousa un cycliste hollandais, Adri van der Poel, et le fruit de cette union est Mathieu, champion du monde, crack des classiques et du cyclo-cross. Ces métissages franco-bataves me parlent encore.

Maman avait donc un vélo Raleigh. Elle rêvassait en cours de maths au lycée. Son professeur, Max Euwe, avait été champion du monde d'échecs en 1937, un an avant sa naissance, ayant battu le russe naturalisé français Alekhine, qui disait-on buvait trop. Jacob écoutait les rencontres d'échecs à la radio. Les Sulzbach suivaient aussi le football sur leur poste (il était énorme, et les noms des stations, en lettres bleues et dorées, étaient une géographie européenne). Evelyn me disait quand j'étais petit qu'un mot l'avait marquée, dans ces veillées qui lui étaient, au fond, un peu étrangères : « Bijna », que l'on prononce Beïna, et qui signifie « presque », et que le speaker criait quand la Hollande manquait un but, d'un rien. J'adorais ce mot de ma mère : « Bijna » ! J'appréciais moins son côté intempestif et son amour gênant.

J'ai ce souvenir d'une rencontre de l'Ajax Amsterdam en Coupe d'Europe, que l'on m'a autorisé à regarder à la télévision, et du commentateur (Michel Drhey, ou bien Michel Drucker ?), que le jeu de l'Ajax subjugue (des envolées athlétiques inédites pour l'époque, un « football total » disait-on, « où tout le monde attaque et tout le monde défend ») et qui lance ceci : « Les enfants qui jouent au football doivent bien regarder ce que fait l'Ajax. » Alors Maman me contemple avec une infinie douceur : « Regarde bien mon chéri. » Et l'entendant, je ressens plus cruellement que jamais ma nullité crasse au foot, que je ne peux lui dire, mais que je sais et que les autres gamins ont perçue dès mes premières balles ; mes cuisses molles et mes joues rondes ne seront jamais celles d'un buteur ailé, et que Maman soit du pays de Cruijff n'y change rien, ni ce match qu'elle me laisse voir ; croit-elle me rendre meilleur ?

En 1978, nous regardons, Maman, Myriam et moi (mais où est Papa ce soir-là ?) la Hollande se faire battre en finale de la Coupe du Monde par l'Argentine du buteur Kempes et des généraux fascistes. Maman est tellement baroque dans ses commentaires qu'elle finit par admettre en riant qu'elle porte malheur – je la ferais bien sortir, elle nous aimerait de loin. Elle est meilleure téléspectatrice des sports sans gravité. Elle ne manque aucun championnat de patinage artistique. Des années plus tard, en reportage en Allemagne de l'Est, je croiserai Katarina Witt sans oser lui dire que ma maman l'aimait.

Quatre ans plus tôt, en juillet 1974, c'est dans le jardin de la maison que nous avons louée à Villers-sur-Mer que j'ai entendu la Hollande perdre sa première finale mondiale et en dépit de Cruijff buter sur la dureté allemande. J'ai suivi le match à la radio – en fait seulement la deuxième mi-temps, nous sommes remontés trop tard de la plage : quand j'ai ouvert le poste (la radio-cassette à piles sur laquelle Maman écoutait ses cassettes de Barenboim, et aussi des trios de Schubert, et que mes parents emportaient partout avec eux), le score était déjà de 2 à 1 pour les

Allemands. J'ai passé quarante-cinq minutes à croire que la Hollande allait égaliser.

Je pleure longtemps. Cette défaite est incompréhensible et donc innommable.

J'ignore alors que pour les Hollandais, ce match contre l'Allemagne est une suite de la guerre. « Ils ont tué mon père, ma sœur et deux de mes frères, je les hais », a dit après la défaite le milieu de terrain Wim van Hanegem, qui joue au Feyenoord Rotterdam, le rival de l'Ajax. Quatorze ans plus tard, devenu journaliste de sport, je ferai des doigts d'honneur au public innocent du stade de Hambourg, quand la Hollande prendra sa revanche dans une demi-finale de championnat d'Europe. Cette année 1988, on voit encore, dans les tribunes des supporters Oranje, des slogans faussement drôles : « Oma, j'ai retrouvé ton vélo » – les nazis, entre autres avanies, volaient les vélos hollandais.

Observation 1 (car les anecdotes ne sont pas superflues). En dépit du regard que porte Evelyn sur eux, ses compatriotes hollandais ne se sont pas vécus comme des complices de l'Allemagne nazie, mais (à juste titre) comme ses victimes. Et sans aucun doute, étant victimes, ils ont mis du temps à admettre la part qu'ils prirent – certains d'entre eux, policiers, collabos, la société de chemins de fer – dans la mort des juifs.

Observation 2. Quand j'avais onze ans, et Maman m'y encouragea, et ma grand-mère également, je m'étais passionné pour un épisode de la guerre : l'opération Market Garden, en septembre 1944. Un pari génial conçu par le maréchal britannique Montgomery, qui parachuta trois divisions de parachutistes en avant de ses troupes aux

Pays-Bas, pour tenir des ponts et ouvrir un couloir à ses blindés qui, passant par la Hollande, devaient frapper l'Allemagne au cœur de la Ruhr, ruinant son industrie et mettant fin à la guerre. Mais une fatalité du côté de Arnhem – des tanks SS que l'on n'avait pas prévus – ruina l'opération et la guerre se poursuivit jusqu'en mai 1945. Cet échec fit subir aux Pays-Bas un hiver atroce, le pire de l'occupation ; donna du temps aux nazis pour exterminer quelques dizaines de milliers de juifs supplémentaires, hongrois notamment ; laissa Evelyn, Jacob et Anny dans le camp de Bergen-Belsen, et à leur chance près, Dayénou, ils y seraient passés.

Mais ce n'était pas à Auschwitz ou à Bergen-Belsen que je pensais quand je lisais *Un pont trop loin*, le livre consacré à l'échec de Market Garden par le journaliste et écrivain Cornelius Ryan, auteur avant cela du *Jour le plus long*, sur le 6 juin 1944, le débarquement en France, en Normandie, pas loin de Villers-sur-Mer où nous passions nos vacances (je me souviens que j'étais frustré, regardant les cartes du débarquement, de constater que les Anglo-Américains avaient débarqué un peu plus à l'ouest, pas chez moi).

Non.

Lisant *Un pont trop loin*, qui parut en 1974, l'année de la Coupe du Monde perdue par la Hollande, je pensais au drame des parachutistes anglais et polonais pris au piège à Arnhem. Je pensais au drame de la Hollande que, par imprévoyance, on n'avait pas délivrée. Je pensais aussi à la gloire ternie de Montgomery, prestigieux vainqueur de Rommel dans les sables africains, mais je n'arrivais pas à lui préférer son rival américain Patton.

Et que je ne regarde pas cette histoire au prisme juif de ma famille, comme si ma famille et les juifs n'étaient qu'un simple détail de la Seconde Guerre mondiale, ne choquait ni Oma, ni Maman, qui se vivait alors (ou pensait se vivre) comme une Hollandaise : dépositaire de la narration de son pays natal, qu'elle ne contestait pas et qu'elle me transmettait. Sans doute est-cela qu'on appelle l'aliénation.

Observation 3. Michel Dhrey, qui commentait le football et le tennis en mon enfance, était de Meknès, au Maroc, comme la famille de Mercedes, la mère de mon épouse Valérie. Son nom indique sans guère de doute une origine juive. Michel Drucker, tant aimé des Français, est le fils d'Abraham, médecin juif qui fut un sage à Vire, en Normandie. Dans tous les cas, les matchs de l'Ajax, dont les supporters se surnomment *Joden,* « les juifs », et vont au stade portant des drapeaux israéliens, hommage aux origines, étaient une histoire de famille.

Observation 4. La maison que nous louions sur les hauteurs de Villers-sur-Mer (en fait un étage d'une belle bâtisse nommée *La Roseraie*), avait abrité, pendant la guerre, une *Kommandantur* allemande. Les soldats avaient abandonné derrière eux des photos, des papiers et des livres ; je me souviens des mémoires de guerre de Erich von Ludendorff, général de 14-18, qui, après la défaite allemande, développa la théorie du « coup de poignard dans le dos » (la glorieuse armée du Reich trahie par le pouvoir civil qui mit fin à la guerre) puis se lança en politique dans les rangs nationalistes et fut un allié de l'agitateur Adolf Hitler avant de s'en éloigner, et de se consacrer, avec son épouse, à l'élaboration d'un corpus complotiste que je m'épargne ici. Un de ses livres, publié en 1939, deux ans après son décès, s'appelle *Die Judenmacht, ihr Wesen und Ende*: la puissance juive, sa nature et sa fin.

Pardon, décidément. Dans mes détours, j'ai laissé mon grand-père, que sa puissance avait quitté, et dont on disait du mal à Amsterdam, chez ceux qui avaient survécu mieux que lui.

« Tu as essayé de défendre Opa ?

— J'aurais voulu le réhabiliter. Je suis allée parler à la femme du cousin Willy. Je lui ai dit que c'était injuste. Mais les gens n'écoutaient pas. J'en ai voulu à Oma. Elle jouait aux cartes avec ses amies, Madame Lesser, Madame Bio… Et elle se levait pour partir, très vite, comme si elle allait se faire attraper par son mari. "Je dois rentrer, vous savez comment est Bob !" On pensait que c'était un tyran. Oma cultivait sa bonne réputation à elle… »

Evelyn m'a dit aussi que Jacob avait emprunté de l'argent à sa belle-sœur Else, la grande sœur de Anny. Il avait juré à Anny qu'il l'avait remboursée. Mais en 1970, Else et son mari Frantz étaient venus en Europe, et la vérité se fit jour. Jacob n'avait pas rendu l'argent. Quelques mois plus tard, il faisait son premier infarctus.

Je me souviens maintenant de l'inquiétude d'Evelyn pour son père. Pas seulement ces mots : « Evelyn avait peur pour son père », mais le poids de cette inquiétude : une peur minérale, palpable, épaisse, qui émanait d'elle, en Hollande, et à Paris aussi, une peur qui la faisait courir vers le téléphone quand il sonnait, car un téléphone, forcément, devrait apporter les pires nouvelles.

Cette peur pèse sur moi. Mon héritage.

Evelyn et Anny ne sont pas allées enterrer Opa au cimetière de Muiderberg, en janvier 1982. Il ne l'avait pas souhaité. Il avait toujours dit que la place des femmes n'était pas au cimetière. Elles sont restées à la maison à attendre notre retour de la cérémonie. J'ai longtemps contourné cet exil. Sa cruauté a fini par m'apparaître. J'imagine les deux femmes dans le salon vide, regardant le fauteuil de Jacob qui allait disparaître dans une terre gelée.

Il est écrit dans le Zohar, livre majeur de la mystique juive, qu'un homme qui regarderait une femme au sortir d'un cimetière pourrait mourir prématurément ; et un commentateur et juriste du XVIe siècle, Joseph Caro, en tira la conclusion qu'il valait mieux – principe de précaution – bannir les femmes des enterrements. Cette décision est très contestée, car en contradiction avec des règles talmudiques. Mais pourquoi Jacob Sulzbach – sa famille avant lui j'imagine, des juifs allemands lettrés pourtant – a-t-il choisi de suivre Joseph Caro ?

Son père mort, Evelyn a retrouvé sa vie parisienne. Oma est restée seule, que l'on a bientôt admirée pour sa résilience, comme on l'admirait avant, chez les *Yekkes* d'Amsterdam, les juifs allemands survivants du Zuid, cette femme si joyeuse en dépit de son mari qui lui menait la vie dure, faute de s'être battu, disait-on, pour lui offrir une belle vie.

Jacob Sulzbach

(Ce qui suit est une lettre que mon grand-père Jacob envoya à sa famille – ses frères et sœurs en Palestine et en Amérique, la sœur et les parents d'Anny en Argentine – au mois d'août 1945, trois mois après la victoire alliée. Jacob vivait encore dans un camp de la Croix-Rouge. Il se demandait – sans oser le formuler – si quelque proche, dans le vaste monde, l'aiderait à quitter l'Europe. Cela n'arriverait pas. Mon oncle Jules a reçu cette lettre d'un cousin d'Amérique, qui l'avait découverte dans des archives familiales, oubliée, lettre qui n'avait jamais reçu de réponse, et que ma mère a traduite il y a des années.)

« Biberach-Jordanbad, le 14 août 1945.

Chers parents, chers frères et sœurs,

Bien que nous vous ayons donné de nos nouvelles, via une demoiselle qui rentrait en Amérique centrale, je veux vous écrire encore une fois et plus longuement. Je ne connais pas votre adresse (on nous a en effet tout pris, même des agendas) et j'ai mentionné les frères Arnstein, qui certainement connaissent une de vos adresses.

Je suis assis ce soir dans le bureau du sanatorium, qui est merveilleux, Anny danse et comme je ne connais pas cet art, j'ai une soirée de libre.

Vous pouvez voir d'après cette lettre qu'Anny, la petite Evelyn et moi nous allons bien, ce que je veux toujours souligner, afin que vous ne vous fassiez pas de soucis pour nous.

Je ne peux pas vous épargner, chers frères et sœurs, le chagrin de la perte de nos chers parents et Karoline. Vous avez certainement été informés chez vous des épouvantables atrocités. Cette information ne vous prendra donc pas totalement au dépourvu. Au moins Papa est mort de façon naturelle dans l'hôpital du camp de Westerbork (Hollande). Il était déjà depuis un an très diminué physiquement et malheureusement son esprit avait également souffert. Je dois vous avouer honnêtement que je ne pensais pas que Papa résisterait encore longtemps et Mama réalisait cela aussi.

Je ne veux pas écrire plus sur Mama et Karoline. Vous seriez obligés de pleurer. Donc brièvement sachez que Karoline est partie le 15 juillet 1942 avec un transport vers la Pologne, précisément Auschwitz. Mama est partie le 20 juillet 1943 de Westerbork, on nous disait vers Riga et de là, comme il s'est avéré, vers Auschwitz.

(Mon grand-père ne savait pas alors que sa maman, qu'il appelait « Mama », était morte à Sobibor, et non pas

à Auschwitz. Je coupe ici son récit, qui décrit longuement le passage par les camps, « nous avons végété pire que des bêtes, pire que des cochons », *écrit-il, et je sais l'humiliation de cet homme que je ne connus qu'en chemise blanche impeccable ; il raconte ensuite la sortie de Bergen-Belsen. C'est ici que je veux saisir ce qui habitait Jacob au moment où la vie lui était rendue.)*

Comme par miracle, on nous a envoyés le 21 janvier 1945 vers un camp d'internement anglais. Il était plus que temps, je n'aurais pas vécu huit jours de plus, tellement j'étais faible et maigre. J'avais perdu environ 30 kilos, avais la typhoïde et ne pouvais plus ni marcher ni me tenir debout. Anny et la petite Evelyn étaient, compte tenu des circonstances, plutôt bien. Anny ne pesait que 44 kilos et demi.

J'ai été très malade à Biberach (une infection des reins due aux coups d'un SS avec une barre de fer) et je suis resté deux mois à l'hôpital. Avec une diète et beaucoup de repos je me suis rétabli assez rapidement et aujourd'hui je ne sens plus rien, je n'ai presque plus de diète et je suis comme avant. Je peux marcher pendant des heures, porter des charges lourdes. Les gens pensent que j'ai trente-deux ans. J'ai retrouvé mon poids et, avec mes 80 kilos, je peux me montrer. Anny se lamente qu'elle est trop grosse, elle pèse 59 kilos, ça ne fait rien après toutes ces privations. La petite Evelyn a grandi ; elle va à l'école et elle apprend facilement, elle sait faire des calculs et écrit très bien. Elle parle aussi l'anglais et nous n'avons donc pas de soucis dans ce domaine.

Nous avons aussi quelques vêtements ; nous sommes arrivés ici dans des guenilles comme les pires des vagabonds et couverts de poux.

Jusqu'à il y a trois semaines nous étions au camp d'internement et maintenant nous sommes dans la station thermale Jordanbad-Biberach. C'est un sanatorium très moderne. Nous avons une merveilleuse grande pièce avec un grand balcon et nous nous sentons, venus de l'enfer, au paradis. On s'occupe merveilleusement de nous.

Selon la saison il y a de la salade, à volonté, des concombres, des tomates, des légumes, des soupes et des desserts succulents, sans oublier de la viande. Le matin avec le café, il y a du pain blanc, du beurre, du fromage, de la confiture, autant qu'on veut. Aussi des cigares, des cigarettes, du tabac de sorte qu'en ce moment nous avons tout ce que le cœur et l'estomac souhaitent. Nous pouvons nous laver autant que nous le voulons, prendre des bains et avons la possibilité de nager. Nous savons tout apprécier et sommes très reconnaissants.

(Jacob a interrompu l'écriture de sa lettre, il la reprend deux jours après.)

Entre-temps deux jours ont passé et Anny est allée hier matin, un peu à l'improviste, à Constance, comme elle a eu une permission pour cela. Elle voulait tant voir une fois les environs merveilleux du lac de Constance – un si beau pays avec des gens si mauvais. Elle y retournera dans quatre jours. Je suis heureux de pouvoir lui « offrir » quelque chose de beau.

Je vous demande d'excuser les fautes de frappe, mais c'est la première fois depuis plus de deux ans que je me sers d'une machine à écrire.

Nous nous porterions très bien si nous ne nous rappelions pas trop souvent le passé et ceux qui sont tombés. Nous espérons bientôt retrouver une nouvelle patrie. J'ai été moi-même déjà deux fois à Constance. Ne rien faire tape de temps en temps sur les nerfs, mais il n'y a, bien sûr, rien d'autre à faire.

Anny s'inquiète de votre santé et si vous n'avez pas souffert des soucis et incertitudes à notre sujet.

Nous sommes certainement aussi pauvres qu'une souris d'église et devrons voir comment remonter la pente. Mais nous avons tant souffert que nous avons appris à être modestes et à nous sentir dans une chambre comme des rois.

Que devient Klärchen, envoyez-lui cette lettre. J'espère qu'elle n'a pas trop souffert des bombardements. Saluez toutes les connaissances dans vos villes, en particulier Josef Breuer, cher Arnold. Sa belle-sœur Joshua est ici avec ses enfants. Son mari est mort à B.B. Chère famille Möller, votre famille, les Gelder, sont rentrés en Hollande, il y a deux mois, comme ils étaient hollandais d'origine. Nous avons parlé à Vught et à Westerbork avec votre famille Schenkolowski qui est partie avec le transport de 3 200 personnes vers la Pologne. Comment va ta mère cher Joseph, peut-elle supporter tous ces malheurs ? Et ta mère, Léopold, votre famille Hirsch-Berger, où ont-ils abouti ? J'avais de temps en temps des nouvelles avec des demandes d'argent, que j'honorais bien volontiers. En fait, je pense qu'Ivan Cohn est arrivé de Gurs en Espagne. Que sont devenus les fils de Lotte Idelstein ?

J'arrête, je pourrais demander de nouvelles de milliers et dire des nouvelles de milliers de disparus. Sur plus de 100 000 juifs de la Hollande qu'on a traînés, il en reste seulement à peu près 500 et en tout il semble que 6 à 7 millions de nos coreligionnaires en Europe aient été assassinés.

Voilà, en miniature, notre histoire des trois dernières années, elle pèse sur nous, comme un poids de plomb, et chaque nouvelle journée nous paraît comme un miracle : nous survivons. Nous avions perdu la guerre – ça n'était pas difficile de nous assiéger – et nous ne pouvons pas nous venger : nous n'en avons pas les moyens et même si nous les avions, il nous manquerait la méchanceté et le sadisme adéquats. L'inquisition espagnole était un jeu d'enfant en comparaison de tout ceci.

Peut-être irai-je un jour à Francfort pour aller sur la tombe des grand-parents. Nous ne connaissons malheureusement pas la tombe des parents. Je pourrais hurler comme un taureau quand je pense que les parents ne pourront trouver le repos, surtout Mama.

Je vais également voir si nous ne pouvons pas faire des réclamations auprès de la compagnie Diskonto en ce qui concerne les avoirs de Papa et la retraite qu'il aurait pu toucher. En effet Papa n'a pu jouir des versements de sa retraite que pendant 2 mois et elle fut suspendue. Je n'ai pas l'intention de laisser ne serait-ce qu'un pfennig à ces messieurs. Je vous tiendrai au courant chers frères et sœurs.

Il doit aussi rester chez la firme d'expédition à Francfort tout le mobilier avec tous les beaux livres qui ne sont jamais arrivés en Hollande. J'ai la ferme intention de me colleter avec ces messieurs, soyez-en sûrs.

Peut-être irai-je alors aussi à Spire, bien qu'Anny pense que ça ne vaut pas la peine.

Je dois m'arrêter car je dois coucher la petite Evelyn, c'est-à-dire je dois lui montrer comment faire. Elle est très indépendante, elle se lave toute seule etc.

Nous avons un vœu, svp écrivez-nous, à l'adresse de l'expéditeur, nous voulons avoir un signe de vie de vous.

Je vous embrasse très fort, votre Jacob. »

Claude

J'ai connu des moments d'abandon.

Ma femme Valérie est morte en 2009, puis mon père Roger deux ans après. J'ai perdu mon travail en 2012, Nolwenn étant enceinte de notre premier (mon troisième) enfant, et j'ai mis beaucoup de temps à retrouver un emploi stable.

Je me demande ce que Opa m'a transmis, sans que je puisse en avoir conscience, de son art de survivre; son art de plier; de prétendre être fort; l'art de demander et demander encore aux autres en dépit de leurs refus, et demander toujours, supplier sans déchoir – car leurs refus n'ont aucune importance, ni votre honneur écorché: il s'agit de trouver de l'argent, à chaque jour sa peine, de nourrir les siens. On attend des autres. On feint la dignité; on porte aussi beau que possible; on raconte sa vie, et peut-être croit-on émouvoir en exposant son humanité, en glissant un prénom de môme. On ne devrait pas nous détruire, puisque nous avons des enfants à sauver.

On se force à penser que l'on va combattre, que l'on fera rendre gorge à l'époque, on ne lui fera pas grâce d'un pfennig ; on se souvient des temps heureux et l'on pleure ; on se lève chaque matin, et c'est déjà énorme. On fait sans doute des dettes ou l'on vend des cigarettes. On triche pour ne pas renoncer.

Hormis les cigarettes, je suis passé par là. Contrairement à Opa, j'ai cessé de me raser dans la difficulté ; les normes viriles avaient changé entre son temps et le mien : avoir des joues lisses ne m'aurait pas servi.

Evelyn

Après mon bac, en 1956, je suis allée étudier à l'école d'interprètes de Genève. Un professeur anglais y donnait un cours sur les conséquences de la Seconde Guerre mondiale. Il parlait des économies des pays occupés par l'Allemagne, des grandes batailles, du Japon, et de l'Amérique. Je lui ai demandé pourquoi il ne parlait pas des camps de concentration où les juifs avaient été déportés. Il m'a répondu que la guerre avait été territoriale et économique et que son aspect juif avait été mineur. Je ne lui ai pas dit que j'avais été dans des camps et je l'ai laissé reprendre son cours sans me formaliser. Mais j'avais eu besoin de lui poser ma question.

À Genève, je suis devenue amie avec une autre Hollandaise. Elle s'appelait Marianne. Nous n'étions pas proches à Amsterdam. Elle était au lycée juif, contrairement à moi. Je ne savais pas grand-chose d'elle. Elle avait passé une année en Suisse après la guerre, pour soigner une tuberculose. Je ne savais pas comment elle l'avait attrapée. Nous ne parlions pas de cela. Nous dînions au club des étudiants juifs de Genève. Nous découvrions des jeunes gens venus d'Algérie et de Tunisie. Je n'ai su que des années après que Marianne avait été dans les mêmes camps que moi…

« Marianne avait été à Bergen-Belsen ?

— Oui…

— Et c'est elle qui était avec toi quand tu as rencontré Papa ?

— Non ! Elle c'était Nourit. Enfin je crois qu'elle s'appelait Nourit. Elle était israélienne. Elle travaillait au centre juif de Genève. Nous sommes parties en stop toutes les deux l'été 1957…

— En stop ! Et tu avais un sac à dos ?

— Je pense, oui…

— Je croyais que tu n'avais jamais eu de sac à dos ; que c'était banni par Oma depuis la guerre…

— J'étais partie de chez moi ! Je n'avais même pas dit à mes parents que j'allais faire du stop !

— Et donc cette Nourit qui t'accompagnait quand tu as croisé Papa…

— C'était à Savona, une station balnéaire sur la côte italienne. Pas très belle d'ailleurs… Nous cherchions un endroit où dormir. Trois jeunes gens nous ont abordées. Nourit leur a dit qu'elle n'avait pas envie de leur parler, qu'ils ne comprendraient rien à ce qu'elle leur dirait, qu'elle venait d'Israël et ils ne savaient même pas où c'était. Ils étaient ravis ! Justement, ils étaient dans un camp de vacances d'étudiants juifs ! Nous pouvions venir avec eux, ils nous hébergeraient ! Roger – Papa – était le responsable du camp. Quand nous sommes arrivées, il a dit qu'il était hors de question d'accueillir qui que ce soit, il n'y avait pas de place ! Je voulais partir. Pas Nourit. Et puis…

— Et vous vous êtes parlé…

— C'était le 15 juillet 1957, le jour de mes dix-neuf ans. J'avais senti le matin qu'il allait m'arriver quelque chose. Le lendemain Nourit et moi sommes reparties pour Marseille, où la sœur de Nourit arrivait d'Israël par bateau. Nous avons dormi près de la gare Saint-Charles, dans un hôtel de passe. Nous n'avions pas la moindre idée des endroits où nous allions. Quand je suis rentrée à Genève, Roger était déjà là. Je lui avais donné mon adresse. Il m'avait attendue. Il avait laissé un mot devant ma porte. "Ne bouge sous aucun prétexte, je reviens !"

— Je me souviens… Tu avais un petit copain qui a voulu se tuer quand il a su que tu avais rencontré un Français !

— Il avait avalé la moitié de son armoire à pharmacie ! J'étais terrifiée. Il a survécu, heureusement ! On n'écrit pas son nom, d'accord ?

— Et tes parents, ils en ont pensé quoi, de ta rencontre avec un Français de trente ans ?

— Opa est arrivé en urgence à Genève ! Mais un an après, Papa et moi étions mariés. »

(Est-il plus facile d'imaginer sa mère petite fille dans un camp de concentration, ou ingénue fatale s'emparant d'un homme déjà mûr et poussant un amoureux éconduit au suicide raté ? En même temps, quelle volonté, quand elle désire ! Je me demande de quoi Evelyn et Roger avaient parlé, leur premier soir à Savona, et quelle imprudence animait Maman si jeune, qui envoya promener ses études et sa future carrière d'interprète pour se donner à un homme, mon père, qui quelques mois après leur rencontre écrivait un poème pour dire que la

vie n'avait plus de goût « passé trente ans ». Elle était naïve et joyeuse d'avoir surmonté cela.)

« Et ton amie Marianne alors ?

— Elle s'est mariée avec un Hollandais. Elle a vécu à Amsterdam puis à Paris puis elle est allée en Israël. Nous nous écrivions. Quand Mimi est partie vivre là-bas, je suis allée la voir. Elle travaillait au Yad Vashem, le mémorial de la Shoah de Jérusalem. C'est comme ça que j'ai su où elle avait été pendant la guerre. Elle m'a proposé de passer le Jour de la Shoah, le *Yom Hashoah*, avec elle, au Yad Vashem, pour que je ne sois pas toute seule…

— Comment ça, toute seule ?

— Papa n'aimait pas cette cérémonie. Tu sais, il y a une sirène, et les gens s'arrêtent dans tout le pays. Ils restent immobiles en hommage aux morts jusqu'à ce que la sirène s'arrête…

— Et Papa était contre ?

— Il n'aimait pas cette unanimité. Ça le mettait mal à l'aise. Il restait chez Mimi, dans sa chambre.

— Et toi ?

— Je descendais dans la rue, je restais immobile et silencieuse au milieu des gens. Ou bien j'allais sur la terrasse de Mimi et je pleurais.

— Tu pleurais toute seule ?

— La sirène me faisait penser à ma grand-mère Jenny. Je me disais que sa vie avait été si triste. Et Oma disait tellement de mal d'elle…

— Et tu es allée au Yad Vashem rejoindre Marianne ?

— Je ne suis jamais allée au Yad Vashem. Je n'y arrive pas. Je m'y suis rendue deux ou trois fois. À chaque fois, j'ai fait demi-tour avant d'entrer. »

Claude

Maman s'est habituée à bien parler français. Longtemps, ce fut sa belle victoire qu'on ne puisse deviner chez elle la moindre trace d'accent. Il se peut que des bizarreries la trahissent. Je ne crois pas. Mais par définition, je ne suis pas le meilleur juge de ma langue maternelle. Je me souviens qu'autrefois, éternuant, elle disait « Atchi », à la batave, et non « Atchoum », comme tout un chacun. On ne se guérit pas des spasmes de l'enfance. Je sais aussi, cela fait partie de nos histoires familiales, que jeune mariée elle cuisinait des entrecôtes à son homme, seulement des entrecôtes ; elle ne savait pas d'autres noms de viande, et trop timide, elle n'osait pas poser de question au boucher. Mais rapidement, Evelyn s'est assimilée.

Ce n'était pas gagné. Lycéenne – elle adorait, adore toujours nous dire cette histoire – elle était mauvaise en français, nulle, nullissime, et prise en grippe par une enseignante, qui lui mettait non pas des zéros mais des uns, afin de pouvoir siffler, lui rendant sa copie : « La Sulzbach, un bâton ! »

Maman, nous racontant, faisait parler sa professeur avec une sorte d'accent allemand. *« La Soultsepak, un bâton ! »* Était-ce un moyen inconscient de suggérer l'antisémitisme de l'enseignante ? Je ne suis pas au clair avec ce soupçon. Ou bien, l'émotion faisait rejaillir chez ma mère des sonorités bataves. Elle concluait, en tout cas, que cette dame (Madame comment déjà ?) aurait été bien étonnée de la voir mariée, en France, à un Français.

« Comment s'appelait ta prof de français ?

— Madame F. *(Paix à son âme, je préfère, après tout, masquer son nom.)*

— Elle était antisémite ?

— Ah oui !

— Comment le sais-tu ?

— On disait ça au lycée. Elle avait dit à Oma que je ne parlerais jamais le français... Alors j'avais décidé de ne plus rien faire. Oma me donnait des cours à la maison, je les oubliais dès que je revenais en classe... Quand elle avait rendu les copies, Madame F. venait s'asseoir près de moi. Elle reprenait mon devoir pour trouver des fautes qu'elle avait pu oublier. Elle réussissait à faire passer ma note *sous* le zéro, j'avais moins un, et là elle était heureuse : « La Sulzbach, un bâton ! »

Moins un, pas plus un.

L'été 1978, Papa, Maman, ma sœur et moi, nous sommes rendus en pèlerinage à Savona, où Evelyn et Roger s'étaient rencontrés. Nous passions nos vacances dans le midi de la France (une maison sur les hauteurs de Toulon). Ce n'était pas si loin. Myriam et moi avions photographié Evelyn et

Roger qui se donnaient la main, là où ils s'étaient rencontrés, vingt et un ans plus tôt. Cela me paraissait incroyablement loin. Aujourd'hui, je sais que vingt ans, ce n'est rien.

Peut-être avons-nous filmé Papa et Maman à Savona. C'était le temps des caméras super 8.

Ce fut un été inédit, le seul que nous ayons passé tous les quatre au bord de la Méditerranée : avant cela, la France de l'Ouest : Houlgate, Fouras (la poussette de ma sœur, mal arrimée, tombe du toit de l'autocar), Saint-Gilles-Croix-de-Vie (j'apprends à nager et passe mon brevet de 50 mètres dans une eau glacée), Saint-Jean-de-Monts, Biarritz (mon oncle Félix, le frère de mon père, nageant une brasse entêtée dans une mer de tempête, et y survivant), Villers-sur-Mer. Myriam dit que nous ressemblions à la chanson de Michel Jonasz, « Les Vacances au bord de la mer ».

On suçait des glaces à l'eau
Les palaces, les restaurants
On ne faisait que passer d'vant...

Nous allions une fois l'été manger des glaces au Grand Hôtel de Houlgate (était-ce son nom ?). Cela fait longtemps que je n'ai pas commandé une pêche melba.

Après 1975, nous passons de longs mois de juillet dans la maison de campagne que nous avons achetée vingt kilomètres au nord de Chartres, où je lis perché sur un mur (« quand j'étais petite, je rêvais de lire perchée sur un vieux mur », m'a dit Maman), nage à la piscine du chef-lieu de canton, fais du vélo et regarde le Tour de France. Je suis stupéfait en 1975 que le Français Thévenet batte Eddy Merckx, atterré en 1976 que Van Impe, un grimpeur belge, chipe le Tour à Zoetemelk.

Au mois d'août, adolescent, on m'envoie en Angleterre (comme Oma sous Hitler puis Maman, qui apprit l'anglais dans une *summer school* juive nommée Felixstowe).

Un été, dans le train de Calais, parmi ces *Froggies* qui bientôt glousseront de leurs familles d'accueil dans un village de pêcheurs du Devon et tourneront autour de gamines hautaines au traits droits et aux jupes longues fermées de trois boutons, dans des salles de machines à sous ou des *Fish'n chips* (frites au vinaigre, *cod* pané), espérant un regard, peut-être un frôlement de lèvres, je me retrouve dans le même compartiment qu'un ado plus âgé, sympathiquement bête et bruyant, rougeaud, un homme déjà, disons un rustaud, qui vient de l'Ardèche. *Ardéchois cœur fidèle* est le nom d'un feuilleton télévisé de l'époque. Et cet Ardéchois tient à proclamer, plusieurs fois, joyeusement, agressivement, qu'il n'aime pas les juifs, sans donner de raison à sa détestation. Et faute de certitude sur ce qu'il convient de faire, pas certain qu'il ait parlé pour moi, je ne réagis pas.

Je n'étais pas un enfant bagarreur. Je n'aurai pas la vulgarité d'en accuser Evelyn, qui me protégea beaucoup. Elle m'avait retiré de la maternelle à quatre ans, car j'y étais malheureux. Cette anecdote peut égayer Nolwenn qui a un esprit taquin.

(Mais à l'instant où j'écris, une aube de juin 2023, alors que je corrige ce texte qui va partir à l'impression, je comprends

enfin – une évidence aveuglante – que Maman me sortit de la maternelle à l'âge où elle avait été déportée, quatre ans, quand, dans une telle souffrance qu'elle en avait éteint sa mémoire, on l'avait séparée de ses parents. Et bien sûr, consciemment, Maman ne pensait pas à la Shoah ou à son enfance griffée en me préservant d'un univers hostile. Mais si l'on agissait consciemment, cela se saurait.)

Je fus surpris d'être capable de me faire des amis en rentrant au cours préparatoire, même si je m'entendais mieux avec les maîtresses et maîtres qu'avec les autres garçons. Mais honnêtement, Maman avait simplement élargi une faille : le mal était en moi.

Garçonnet, j'ai vite ressenti une limite, et j'ai mis du temps, adulte, à l'accepter sans tristesse : je ne me bats pas. J'en étais incapable. Je n'étais pas de ceux qui savent fermer le poing, et puis le projeter sur un offenseur. J'avais beau y penser – au moment de l'acte, je réfléchissais encore et manquais l'occasion. Face à l'Ardéchois, je m'était *vraiment* interrogé. Fallait-il dire « je suis juif », mais alors sur quel ton ? « Je suis juif, connard » ? Ou bien, « le juif t'emmerde » – mais je ne connaissais pas encore le fier nègre Césaire pour m'inspirer de lui. Et après l'insulte, que se passerait-il ?

Ce qui me reste de ma fuite immobile : ne répondant pas à l'imbécile, j'avais eu le sentiment de trahir ma mère ; de trahir mes parents. Que même cette évidence ne m'ait pas fait bondir dit l'étendue de mon infamie.

À mon absence de courage s'ajoutait un malaise. Dans la sociabilité de l'école, je ne savais pas quoi faire de ce judaïsme qui chez nous prenait tant de place. Il était le travail de mon père et, avec Israël, un souci permanent ; il était l'enfance de ma mère et de ses parents, les prières d'Amsterdam, et il était une fracture aussi, une dispute entre Evelyn et Roger. Elle, au moment de leur mariage, ayant obtenu que la maison soit cachère, achetait sa viande (elle avait fini par apprendre des noms plus complexes, plat-de-côtes, bavette, pot-au-feu) dans des boucheries tenues par des juifs pieds-noirs, qui se multiplièrent à Paris après l'indépendance algérienne. Lui, juif engagé mais à la française, se passant d'un Dieu auquel il n'arrivait pas à croire, fâché d'être chez lui cerné de simagrées, s'achetait du boudin qu'il faisait sauter dans une poêle dédiée ; évidemment, je n'en mangeais pas.

Papa aimait raconter qu'il avait délibérément commandé une cochonnaille devant Anny, à laquelle sa fille avait assuré qu'elle allait amener son amoureux français à la religion. Roger avait donc marqué son territoire, savourant des œufs au jambon à l'aéroport de Schiphol, où il faisait escale en chemin vers Tel Aviv (j'admets l'étrangeté de cet itinéraire) et où Anny l'avait rejoint. Dans l'avion, il réalisa que sa belle-mère, sans le prévenir, avait commandé pour lui un repas cachère. Égalité.

Je reproduisis la scène, à l'identique, œufs aux jambon et toasts, avec Maurice, le père de Valérie, avant notre mariage, dans un hôtel d'Orly. Cette affirmation était inutile, Valérie n'ayant jamais fait mystère de mon impiété : mais j'avais eu besoin d'imiter mon père et d'accomplir son rituel.

Laissons mes dieux lares.

Ce qui me minait, petit garçon sans instinct bagarreur, inquiet de ne pas ressembler aux autres : notre intimité n'était pas racontable aux copains de l'école. Ces disputes autour de bouts de viande, ces bouchers faussement semblables aux autres, ces inquiétudes pour un pays lointain, que pouvais-je en faire ? Il fallut attendre mon CM2 pour que je m'affirme juif, mais, en vérité, malgré moi, deux copains m'ayant entraîné à refuser le jambon du réfectoire, en classe de mer, au regret de mon instituteur et de nos moniteurs. À Paris, le midi, je mangeais à la maison. Sans ces mômes tous deux prénommés Gilles, j'aurais avalé la viande rose sans faire d'histoire avec mon autre copain Yvon (lui breton supporter du Stade Rennais et ravi que l'on nous serve à table du vrai jambon de chez lui).

Quand on me demandait en début d'année la profession de mon père, je répondais bravement, « journaliste ». « Journaliste où ? » m'interrogeait le maître. « À *L'Arche* et à *La Terre retrouvée*, disais-je d'une petite voix, en avalant les mots, car je savais bien que nul dans la classe ne connaissait *L'Arche*, mensuel de prestige du judaïsme français, ou *La Terre retrouvée*, bi-hebdomadaire sioniste d'où Papa, après des attentats en Israël, polémiquait avec un éditorialiste de *Témoignage chrétien* (vieux journal catho de gauche, créé dans la Résistance, alors pro-palestinien par tiers-mondisme, aujourd'hui assez proche de ma vision du monde, mais que je n'ai jamais réussi, et pour cause, à aimer sans retenue).

En 1970 (ou 1971 ?) un petit garçon était arrivé de Jordanie à mon école de la rue Lemercier – on dirait aujourd'hui un réfugié. J'ai compris bien plus tard qu'il avait été chassé par les combats qui opposaient les groupes palestiniens à l'armée jordanienne. Il était devenu mon copain. Je l'avais invité à la maison. Il avait vu, dans notre bibliothèque, un médaillon à l'effigie de Moshé Dayan, le ministre de la Défense israélien de la guerre des Six Jours, qui incarnait alors la virilité du peuple juif sur sa terre. On a oublié à quel point cette semaine de juin 1967 (la peur de la destruction du petit pays, le miracle de la victoire et la conquête de Jérusalem) avait bouleversé des juifs en diaspora. Dayan était un chevalier contemporain. « Je ne l'aime pas, dit mon copain, c'est un égoïste. » Ce fut mon premier écho de la Naqba palestinienne.

Comment s'appelait-il, mon copain réfugié ? Nasser, je crois. Je n'en suis pas certain. Est-ce important ?

Mes traces d'enfance ne sont parfois pas moins floues que celles de ma mère. J'essaie de tamiser les gênes et les hontes, les remords, mes dissociations. Ce que je ne savais pas dire publiquement faisait partie de moi. Le judaïsme était *notre* intimité, pas un univers qu'aurait subi un môme coupé du vaste monde par le communautarisme de ses parents. Autant que les Club des Cinq ou les Comtesse de Ségur, j'avais dévoré (lus, relus) les deux volumes de *Nos héros*, une galerie de portraits traduits de l'anglais de grands personnages au panthéon du judaïsme, d'Abraham le briseur d'idoles jusqu'au sage Hillel, qui enseignait la Loi aux mécréants sans jamais céder à la colère, et résumait ainsi le judaïsme : « Ne fais pas à autrui ce que tu ne voudrais pas que l'on te fasse. » Ce qui dans mes références de vieil adulte le rapproche de Camus, « un homme, ça s'empêche ». Ou de Gabe Wallach, ce personnage tragiquement altruiste du premier roman de Philip Roth, *Letting Go*, *Laisser courir*, qui consume sa jeune vie à vouloir sauver les autres, créant fatalement d'autres drames autour de lui, ayant oublié qu'il s'était promis, ayant lu la lettre que sa mère mourante lui avait envoyée, qu'il n'exercerait jamais la moindre violence envers les autres, ou envers lui-même.

De Hillel, je retiens aujourd'hui cette phrase dont on oublie le balancement. « Si je ne suis pas pour moi, qui le sera, mais si je ne suis que pour moi, qui suis-je ? »

De Sadie Rose Weilerstein, l'autrice de *Nos héros*, une fille d'immigrants juifs lituaniens devenue écrivaine, militante sioniste et écologiste (*thanks*, Wikipédia), que les institutions culturelles de la communauté juive française traduisaient au compte-gouttes, nous possédions aussi *Molly et la Reine du Chabbat*, joli livre illustré sur une gentille fillette qui aide sa maman à préparer la table du vendredi soir, et allume avec elle les bougies de la fête.

En d'autres existences, aurais-je épousé Molly ? Aurions-nous chanté la reine du Chabbat de Bialik les vendredis soir ? Mais comment parler de Molly à l'école ?

Quand vint le temps de ma bar-mitzva, à l'automne 1975, je fus expédié chaque samedi matin dans une petite synagogue près du parc Monceau, pour rattraper mes retards de prière. La fête passée, ayant brillamment (me dit-on) lu ma portion de la Torah, la *paracha* Vayechev, qui racontait la détestation de ses frères pour Joseph, le préféré de leur père Jacob, qu'ils vendraient à des marchands d'esclaves, je fus soulagé de pouvoir retourner en classe le jour de l'Éternel. Mon absence avait braqué contre moi le professeur de mathématiques, un jeune homme venu d'un pays africain, passionné par les équations, dont il recouvrait trop vite le tableau noir. Les plus insolents moquaient son accent (je gloussais avec eux). Il avait dit à Evelyn que mes absences seraient irrattrapables, ce qui l'avait indignée. Et ainsi j'appréhendai les contradictions et rivalités des minorités.

J'ai mis un moment à trouver un bon positionnement public vis-à-vis du judaïsme. Ma génération fut servie par la mode de l'humour juif – Woody Allen ou Michel Boujenah, les masturbations de Portnoy – et par le premier âge des identités, quand elles étaient souriantes. Un peu de charme et de distance, la figure du loser séduisant, de l'autodérision, jouer d'un accent, plaisanter sur une mère, quatre blagues, cela faisait la maille. « Quelle est la différence entre une mère juive et Yasser Arafat ? Avec Arafat, tu peux négocier. »

Je racontais aux copains mon coup de téléphone à Evelyn, depuis un café de Montmartre, où *Le Matin de Paris*, le quotidien de gauche où je débutais, m'avait envoyé en urgence, le bouclage tout proche, devant la maison de la chanteuse Dalida qui s'était suicidée un dimanche soir. « Tu trouves toujours un prétexte pour ne pas venir à la maison », avait dit Maman quand elle avait su que je manquerais le dîner.

Le rire n'a qu'un temps. J'arbore volontiers aujourd'hui mon judaïsme et ma judéité, d'autant plus que l'évolution politique des juifs et d'Israël les éloigne de moi. Je ne veux pas laisser Netanyahou ou ses épigones accaparer mon héritage. Par principe, je me fais remplacer à Kippour – après avoir longtemps jeûné en travaillant. J'assume, comme ils disent. Il y faut une vie.

Je sais qu'en mon enfance, quelque chose bouillonnait en moi. Cela ne sortait pas. Je ne sais si le fantôme de la Shoah en était à l'origine, ou l'absence de récit maternel.

Deux souvenirs.

Au square des Batignolles, un graffiti sur une chaise en métal, qu'un copain lit à voix haute. « Mort aux juifs ». Le texte est accompagné d'une croix gammée. Je lui demande (j'ai une voix blanche) de jeter la chaise par terre.

Dans la cour du petit lycée – on dit aujourd'hui le collège – Chaptal, une nuée de jeunes crétins bouscule un garçon isolé. Je ne me souviens pas des raisons du lynchage. Mais je me souviens que je tourne autour, et que soudain je crie, « faites venir les *sonderkommandos* ! » – ce que personne n'entend dans le chahut et sans doute personne n'aurait compris ; mais le soir, je pleure tout seul dans ma chambre, terrifié d'avoir utilisé ce mot trouvé dans un livre – *Exodus* je pense : les *sonderkommandos* étaient les déportés qui sortaient les cadavres des chambres à gaz. « Six millions de personnes sont mortes, et moi je m'amuse avec ça » – je hoquète cette phrase dans mes larmes. Je ne pense pas que j'évoque, dans ma crise, la petite fille déportée que fut ma mère – ou encore moins sa grand-mère Jenny qu'un *sonderkommando* dut ramasser à Sobibor.

Je n'ose pas demander à Maman si je lui ai raconté cette histoire.

Je ne sais pas pourquoi nous sommes allés dans le Midi cet été 1978. Nous n'y avions aucun repère. Peut-être Papa et Maman voulaient-ils relancer notre famille, que le temps, forcément, allait disloquer ? Étais-je vraiment si peu ému de voir l'origine de mon monde ?

J'avais quinze ans (pucelage et frustration, interminable adolescence) et entretenais (ne parvenais pas à m'en défaire) une sourde hostilité envers mes parents. Ma sœur s'en étonnait. Je voudrais mieux me souvenir de ce voyage. Quelle voiture avions-nous ? En fait, j'aime ne pas être certain. Je peux projeter des images. Je nous imagine en Simca 1100 break, berline blanche qui avait pris la suite d'une lignée de Renault 4, qu'on appelait 4L, lesquelles avaient succédé à une 2CV qui calait en côte. Maman conduisait. Papa regardait les cartes et criait, parfois, pas si souvent. Il ne conduisait pas.

Maman avait appris à conduire après la guerre des Six Jours. Dans l'émotion de la victoire, des familles avaient songé à l'Alya – la montée en Israël : mes parents parmi elles. Papa avait cru trouver un travail selon son cœur militant : il serait chargé des liens entre le parti travailliste israélien, qui se confondait alors avec l'État, et les socialistes français de la SFIO. En Israël, nous aurions besoin d'une voiture. Evelyn s'y prépara donc. Mais l'affaire capota pour des jalousies d'appareil. Un notable SFIO (dont j'oublie délibérément le nom) souffla à l'oreille des Israéliens que ce jeune Roger Ascot était proche de Claude Fuzier, un journaliste bras droit de Guy Mollet, qui chez les socialistes était l'homme de l'alliance avec les communistes. Ce fut un épouvantail. Nous restâmes français.

Quelles auraient été nos mémoires si nous avions fait le passage ? Aurais-je surmonté mon manque de courage physique, appelé à l'armée ? Me serais-je retrouvé en uniforme au Liban, dans des villages palestiniens ? Aurais-je survécu ? Les divinités farceuses qui mélangent nos cartes m'auraient-elles fait connaître Valérie, dont les parents aussi pensèrent à Israël, mais y renoncèrent sagement ; les représentants du pays – les recruteurs de l'État – refusaient de garantir par écrit (on appelle ça un contrat) le travail qu'ils promettaient au père de ma future femme.

Je ne sais pas dans quel hasard, israélien, j'aurais rencontré Nolwenn, née vingt ans après moi à Châtenay-Malabry et grandie à Neuilly.

Les espiègleries des destins ne sont pas seulement des histoires de guerre.

Evelyn est donc devenue une conductrice de la Nationale 10 et de l'autoroute A 11 qui prolonge la RN 118 prise au pont de Sèvres : l'une et l'autre nous emmèneraient bientôt dans notre maison de campagne. Conduire fit partie du bonheur de ma mère, une émancipation des années 1970. Mais très vite, sa joie fut minée par des vagues d'angoisse qui l'assaillaient au volant : des peurs de mourir ou de nous tuer dans un accident, l'impression d'étouffer au milieu des autres voitures sur les autoroutes trop rapides. Evelyn pilait sur les bandes d'arrêt d'urgence. Elle pleurait sur les bas-côtés. Finalement, elle ne conduisit plus que sur les départementales. Elle allongeait nos trajets sur ces routes pacifiques où l'on peut être seul et se cacher.

Evelyn

À vingt ans, je me suis retrouvée mariée à Paris, où l'on ne m'attendait pas. Je n'avais pas une place évidente dans la vie de Roger, plus vieux que moi de dix ans. Il sortait beaucoup. Des réunions, de la politique. Il militait chez les sionistes de gauche. Il était entouré d'une cour de jeunes gens, de jeunes femmes, un petit monde juif intello où l'on se demandait pourquoi Roger s'était entiché d'une petite Hollandaise : « une vache hollandaise », disait le beau Lazare Prajs, qu'on appelait Lévrier : son surnom, pendant la résistance. J'ai fini par dire à Lévrier que j'avais su comment il m'appelait : Roger me l'avait dit, ça le faisait rire. Nous devînmes amis.

Je restais souvent seule à la maison. Mais souvent aussi, nous sortions. À Paris je découvrais le théâtre, le cinéma, deux séances par jour. À Amsterdam, mes parents s'inquiétaient. C'était la guerre d'Algérie. Bientôt, il y aurait des attentats. J'étais enceinte de Claude quand la guerre s'est terminée.

Un ami très cher de Roger s'appelait Henry Bulawko. Je lui avais dit que j'étais passée par Bergen-Belsen. Lui était revenu d'Auschwitz, très engagé dans les gauches juives, très actif dans les amicales d'anciens déportés. Il me reprochait de ne pas vouloir parler de mes années dans les camps. Je ne comprenais pas pourquoi Henry se fâchait. Je ne pensais pas pouvoir me comparer à un survivant d'Auschwitz et je ne me voyais même pas comme une survivante. Roger connaissait aussi Elie Wiesel, qui lui fut toujours attentif et fidèle. Wiesel venait d'une famille pieuse de Roumanie, anéantie dans la Shoah. Il avait reconstruit sa vie en France, où il était le correspondant d'un journal israélien. Son livre sur Auschwitz, *La Nuit*, sortit l'année de notre mariage. Elie partit ensuite pour l'Amérique.

En 1988, quand Roger publia dans *L'Arche* le texte que j'avais écrit une nuit d'insomnie, Elie et Henry furent des rares qui me félicitèrent – eux deux et l'écrivain Cyrille Fleischman. Ils utilisèrent presque les mêmes mots. Elie : « Bravo, il faut que tu continues. » Henry : « Enfin, continue maintenant. » Mais je pensais que j'avais dit tout ce que j'avais à dire, et alors à quoi bon continuer ?

Claude

Ceux qui ont lu ma mère avant moi.

Cyrille Fleischman fut l'écrivain d'un Paris populaire où l'on parlait yiddish. Il était né le 3 février 1941, ce qui, disait-il, n'était pas une période très faste pour un enfant juif, et mourut le 15 juillet 2010, le jour des soixante-douze ans de Maman. Elle-même ne vivait pas alors ses meilleures années, ayant perdu en deux ans un gendre et une bru, veillant à domicile sur son mari sur le départ et s'inquiétant d'une mère inaltérable. Mais Evelyn par-dessus tout étouffait de silence ; elle n'avait pas encore entrepris de chercher son passé.

Henry Bulawko, fils de de rabbin, résistant, déporté, sioniste, socialiste marxiste, et qui ne témoignait pas seulement d'Auschwitz et de la guerre, mais aussi de l'humour juif, mourut le 27 novembre 2011, le même jour que mon père, Roger, auquel il ressemblait beaucoup. Ils détestaient tous deux les impostures du siècle.

Elie Wiesel, qui fut prix Nobel de la paix, un parmi les grands de ce monde, né la même année que mon père, 1928, mourut en juillet 2016. Il joua un rôle déterminant dans la vie de ma mère par un livre désormais oublié, n'ayant plus d'objet, mais qui en 1966 fut une révélation : *Les Juifs du silence* racontait les juifs d'Union soviétique pris au piège de leur pays, interdits d'émigrer et qui se refusaient à disparaître ; Wiesel ayant témoigné d'Auschwitz, fort de cette terrible légitimité, éclairait les oubliés de Minsk, Leningrad ou Moscou. Quelques années plus tard, Evelyn, qui ne racontait pas encore son enfance, s'en alla à Minsk, Moscou et Leningrad, entendre les voix des juifs du silence, et ce fut une manière, alors, de dépasser la Shoah.

Deux autres souvenirs d'enfance. Ils me reviennent en désordre quand le livre avance. La mémoire est ma peur de l'oubli.

Nous passions souvent le second dîner de Pessah (les fêtes juives sont doublées en diaspora) chez un ami de mes parents nommé Henry Pohorylès, qui pendant la guerre avait été un combattant de la résistance juive. Quand le rituel arrivait à cette phrase, « Nous étions esclaves du Pharaon en Égypte, et l'Éternel, notre Dieu, nous a fait sortir de là d'une main forte et d'un bras étendu », Pohorylès rappelait que Yad H'azaka, « main forte », était le nom de cette résistance dont il portait le souvenir, et mon père nous le dit après lui, et ma mère encore, et si je n'ai pas échoué, mes enfants le diront après moi.

Dans ces mêmes repas de la Pâque, chez nous ou chez les autres, Evelyn nous disait chaque année et nous dit encore que dans les camps, les nazis ne donnaient plus de pain aux déportés affamés pendant la semaine de Pessah, puisque les règles de la fête le bannissaient (en souvenir de la fuite précipitée des hébreux d'Égypte, qui partirent si vite qu'ils n'eurent pas le temps de faire lever la pâte). À Kippour, jour de jeûne, aucune nourriture n'était distribuée.

Car Maman parlait aussi, sans se rendre compte qu'elle était déjà un témoin.

Elle nous disait aussi que petite fille, elle renversait du vin sur sa Hagada – le livre qui accompagne le repas de la Pâque – afin que les pages prennent la teinte du vieux papier. Elle attendait le moment où l'on énonce les dix plaies envoyées par Dieu aux Égyptiens, afin que Pharaon comprenne et laisse sortir son peuple : à chaque fléau, la coutume veut que l'on renverse une goutte de vin hors de son verre, pour symboliser la part que nous prenons à la souffrance de l'ennemi. Evelyn en profitait pour colorer ses prières. Mes enfants poursuivent son ivresse.

Evelyn

En arrivant à Paris, j'ai travaillé comme secrétaire bilingue dans une entreprise de parfum. Ma chef de service me disait que je n'avais pas vraiment besoin de travailler, puisque les juifs étaient riches, mais comme nous aimions l'argent, il nous en fallait toujours plus.

C'était la première fois que je rencontrais cet antisémitisme vieillot, pas très malin, apparemment inoffensif. Le nazisme était d'une autre nature. Mme F., ma méchante prof de lycée, était suisse.

(Evelyn me demande de ne pas écrire le nom de son vieil employeur, une firme de Grasse qui, semble-t-il, existe toujours. Elle a raison. Je préserve alors, comme j'ai préservé sa vieille professeur de français. On ne sait jamais. Il faut protéger l'innocence possible des mauvaises gens.)

Quelques années plus tard, je bavardais avec Mme L., la maman d'une petite fille avec qui Claude jouait au square des Batignolles. Elle me demanda ce que je faisais pendant la guerre. Je lui dis que j'avais été dans un camp. Je n'ai jamais oublié sa réaction.

« Un camp ? Mais qu'est-ce que vous aviez fait ?

— Je suis juive.

— Vous êtes juive ? Mais ce n'est pas possible !

— Comment ça ?

— Mais vous êtes venue chez moi, vous êtes sympathique… Je n'aurais jamais pensé que vous étiez juive !

— Parce que je n'ai pas le nez et les doigts crochus ? Parce que je paye des tours de manège à votre petite fille ?

— Oui, non… C'est juste que vous êtes juive… On ne m'avait jamais dit… »

Cela m'a pris quelques années pour convaincre cette femme (elle aussi sympathique, sa fille et Claude s'adoraient) que les juifs n'étaient pas ce qu'elle avait appris. Elle m'avait expliqué que ses parents étaient proches de Tixier-Vignancour, qui venait de rassembler l'extrême droite derrière sa candidature à la présidentielle contre le général de Gaulle, et qui, tout jeune, avait été secrétaire d'État à l'Information de Pétain.

Cela fit aussi partie de ma découverte de la France. Elle n'était pas simplement Gérard Philipe, qui était mort un an après mon mariage, ni les théâtres où avec Roger nous allions pratiquement tous les soirs.

Roger – je le suivais partout où il m'acceptait – m'avait aussi emmenée au stade voir deux matchs de football à la suite ; ce fut interminable : je m'étais atrocement ennuyée.

(Car en ce temps-là, Paris comptait quatre équipes dans les divisions professionnelles, le Racing, le Red Star, le Stade français et le CAP, et j'imagine que le calendrier avait offert une chouette affiche de derbys croisés, et je m'interdis de fouiller les archives pour mettre une date sur mon imagination.)

Claude

Nos souvenirs sont dialectiques et malléables. Quand j'interroge Evelyn sur la rééducation (devant un bac à sable) de Mme L. (son nom semblait venir de vacances en Normandie ou d'un livre de la Comtesse de Ségur), elle retrouve son indignation d'alors. Mais dans le texte qu'elle a écrit il y a trois ans, elle masque l'épisode et édulcore ce qu'elle était. « Je fréquentais d'autres "femmes au foyer" et si, par hasard, une de ces femmes apprenait que j'avais été dans des camps, je minimisais leurs exclamations en disant que ce n'était pas important et pas grave ! »

Ce fut faux, au moins une fois.

Et je crois plus d'une fois.

Ma mère n'est pas simplement une ancienne déportée. Elle est aussi une femme née avant les émancipations, passée du cocon d'une famille juive traditionaliste à l'empire amoureux (je ne dis pas « emprise », je me méfie des mots définitifs) d'un mari plus âgé, qu'elle admirait et servait. À Amsterdam, Evelyn déifiait son père, et d'autant plus qu'elle le sentait fragile, et se soumettait au charisme de sa mère ; à Paris, elle devint la femme de Roger – chanceuse d'avoir été choisie par ce bel orateur, ce poète ombrageux. Roger aimait sa *Ninatje*, comme il l'avait rebaptisée. Mais je ne parie pas que *Ninatje* se sentait aimable. Des années plus tard, regardant de vieilles photos, elle se trouvait jolie ; sa manière de le dire attestait une révélation.

Plus j'y pense et moins je doute. L'aventure de ma mère est une reconquête. Elle est revenue de l'effacement. Elle s'est imposée à son homme, à ses enfants, à ses timidités mêmes. Elle a méthodiquement libéré sa fierté. Elle tremble qu'on puisse à nouveau la mésestimer. Mais elle-même aura tendance à exagérer son ancienne insignifiance : le triomphe n'en est que plus beau.

Ce qu'elle joue, octogénaire, autour de son enfance et de la Shoah, est le dernier épisode de ses guerres intimes. En témoignant à la recherche de la mémoire, elle reprend ce qui lui était dû. Elle était légitime, depuis toujours, à porter une parole sur la guerre. Elle ne le savait pas. Elle en avait été privée ; elle s'en était privée. Elle prétend qu'on l'en avait empêchée.

Son envie de vivre – son besoin de normalité – avait rencontré l'amour protecteur de ses parents : leur désir qu'elle connaisse une enfance libérée de la tragédie ; mais aussi, plus obscurément, la stratégie (consciente ou non) de ma grand-mère pour s'installer au centre de l'histoire ; être la seule porteuse de parole et de mémoire sur la guerre. Finalement non. Les vivants ont le dernier mot. Mais Evelyn n'est pas la seule vivante, et cela complique tout.

« C'est mon histoire que l'on écrit, ou l'histoire de Oma ? *(Elle me pose la question quand je fais mine de trop citer les souvenirs d'Anny.)*

— Ton livre ! Mais tu ne te souviens pas de tout. Je ne veux pas me tromper… Bien sûr que ce sont tes souvenirs…
— Mais tu écris tout ? Ce que j'ai écrit ne sert à rien ?
— Mais si ! Je remets en ordre, parce que nous ne sommes pas seuls. Je termine et je te le donne. Et il sera à toi… Moi aussi, on va me relire…
— Si tu ne veux pas écrire ce livre, je vais faire publier mon texte par le Mémorial de la Shoah. J'aurais dû le faire imprimer à cent exemplaires, je les aurais donnés autour de moi, et c'était fait ! Je veux juste laisser une trace !
— J'écris, promis. Laisse-moi comprendre ce que je peux faire… »

Exister donc, dans ses propres mots. Ne plus être dite. Ne plus être écrite.

Ne pas être écrite.

Mais que fais-je ici ?

Il y a deux ans, j'ai raconté à ma psychanalyste, qui se prénomme Catherine, que ce livre de ma mère me bloquait. Evelyn elle-même, en fait, me bloquait. Je ne supportais pas sa transformation. J'avais eu une mère, mes enfants une grand-mère, nous subissions désormais une survivante professionnelle, témoin à perpétuité. Elle se comportait, dans sa passion mémorielle, comme si la majeure partie de son existence n'avait pas eu de sens. Comme si sa vie de jeune Hollandaise, de Parisienne mariée, de mère de famille, de militante, n'avait été qu'une illusion ! Comme si nous l'avions forcée, mon père, sa famille, moi, à se couper de son passé !

« Mais on ne l'a forcée à rien, Catherine ! C'est elle qui ne parlait pas ! Mon père ne l'a jamais empêchée ! Et maintenant, c'est nous qu'elle annule ! Vous l'avez lu dans mon livre, Catherine : elle a pensé décrocher les photos de mon mariage, pour faire de la place à des objets qu'elle a rapportés d'Amsterdam à la mort de sa mère. Maintenant, elle veut donner le service de table qu'on lui avait offert pour son mariage : elle a récupéré les assiettes de ses parents, elle m'explique qu'elle ne peut pas tout garder ! Je m'en fous de ces assiettes… Ou non, je ne m'en fous pas ! »

Bref, je geignais comme on geint chez son psy, ce qui en soi était déjà incongru. Catherine, techniquement, n'est plus mon analyste, puisque nous ne nous voyons plus dans ce cadre. J'ai appris à vivre sans son rendez-vous hebdomadaire. Nous avons désormais des échanges de textos, parfois, trop rarement, un déjeuner, comme des amis, disons comme des ex. C'est cela, des ex, qui se revoient sans rancœur. On se donne des nouvelles. On retrouve l'intelligence qui nous liait à la personne. Catherine est la psy la plus maligne du monde.

« Bref, vous ne voulez pas faire ce livre ?

— Ça me gave ! Mais si je ne l'écris pas et qu'il arrive quelque chose à ma mère, je suis foutu.

— Mais elle, elle en a envie de ce livre ?

— Je pense qu'elle ne me supporte pas ! Dès que je lui pose une question, on s'engueule… Elle ne répond pas. Elle se braque. Je ne la supporte plus !

— Mais fichez-lui la paix alors ! C'est son histoire ! C'est sa vie ! Si elle n'a pas envie de la partager avec vous, elle a le droit ! »

J'avais ri devant cette évidence. Quelle splendide tentation, laisser tomber ! Mais tout de même... J'ai encore traîné un an, c'est énorme, un an, à nos âges, à Evelyn et moi. Puis j'ai posé des questions autrement, et j'ai essayé de moins m'écouter en entendant les silences de ma mère. Les mots me sont venus.

(Au moment où je pose ces mots, dans un TER pyrénéen, le sac d'une vieille dame à l'accent tudesque tombe de la galerie à bagages sur le siège devant moi en frôlant mon ordinateur portable, et il s'en est fallu d'un rien que le destin de ce livre soit scellé tragiquement quand j'en suis à 254 965 caractères.)

Catherine pose le possible et acte le souhaitable, et me permet alors de transgresser. Si j'avance, c'est en connaissance de cause, sans me raconter d'histoire : ce livre de ma mère se fait aussi contre elle. Je vole à Evelyn un moment de son tour d'honneur, et m'accapare un peu de sa victoire. Je romps un triste sort. Je ne subis pas le récit univoque de Maman, comme Evelyn a subi celui de ma grand-mère.

Il fallait que j'en trouve l'envie et le besoin. J'avais droit aussi à mes questions. Mais fallait-il pour cela que j'impose mes mots ? Mais les ai-je imposés, ou ai-je servi Evelyn ?

J'ai récupéré les assiettes du mariage de mes parents. Elles sont de porcelaine ivoire aux liserés dorés. Je les ai promues « service des fêtes juives et des repas importants, hors Pessah, sans viande mais à aliments lactés », quand mon service de mariage (à Valérie et moi) est le « service des fêtes juives et repas majeurs, hors Pessah, avec viande cachère ». Car si dans notre cuisine (à Nolwenn et moi) se mélangent au quotidien, sans apprêt, des aliments non discriminés, bravant les interdits des religions révélées (les carottes râpées qui surpeuplent le frigo témoignent d'un autre culte), j'ai préservé un espace où le judaïsme conserve ses prérogatives. De même, je conserve une vaisselle de la Pâque, cachère et spécifique, que le pain ne souille pas.

On peut douter de mes subtiles rationalités. Ce n'est pas plus absurde que la poêle à boudin de mon père, où grésillait du sang impur dans la cuisine cachère de Maman.

Evelyn

(Voici, dans ses mots inchangés, le début du texte que Maman a écrit après le premier confinement et a enrichi ensuite, et qui a fait naître ce livre.)

ENTROUVRIR LA PORTE DE MA MÉMOIRE ENFOUIE

Anny Sulzbach, ma mère, *Mammie*, est décédée le 8 mars 2019 à Amsterdam, à la maison de retraite Sarfati Huis.

Avec elle disparaît la dernière personne qui a vécu la Shoah avec moi et qui aurait pu me raconter ce que nous avons vécu, elle, mon père, *Pappie*, et moi.

Elle ne m'en a pratiquement jamais parlé, la Shoah était « son » histoire, je n'étais pas « concernée », j'avais été trop petite…

Dans les familles, au début, personne ne parlait de la Shoah, c'était comme un secret, elle divisait, ceux qui y avaient été et les autres, mais on ne l'a pas réalisé puisque c'était un sujet dont on ne parlait pas, en tout cas pas avec les enfants. Il y avait bien une frontière entre ceux qui « y avaient été », et celui, le petit frère, la petite sœur, qui était venu après, mais qui ne le savait pas et même, sous-entendu, qui avait eu de la chance.

Et un jour, quelqu'un en parle, enfin, et la plaie s'ouvre, et la lave de paroles coule. Mais chez nous, c'était ma mère qui parla et pas moi, j'avais été si petite et pour elle, je n'étais toujours pas concernée. Et je n'ai pas su que celui qui est né après la guerre, mon frère, Jules, aurait tant voulu y avoir été, à la Shoah, pour faire partie du clan que nous formions, mon père, ma mère et moi et dont j'étais totalement inconsciente. Mais je ne pouvais pas le savoir, puisque, jusqu'à un âge très avancé, je n'en faisais pas partie non plus, ayant été trop petite.

À force de témoigner, à force d'aller dans des écoles, des collèges, des lycées et raconter mon histoire, mon histoire d'enfant dans trois camps de concentration pendant la Shoah, peut-être est-il temps que je mette tout ça sur papier, pour que quelque chose reste pour mes enfants, mes petits-enfants, quand je ne serai plus là pour raconter, le difficile à raconter…

Difficile à raconter, surtout à ses proches, à ses enfants, à ses petits-enfants, pour ne pas les traumatiser, pour ne pas mettre ce poids du passé sur leurs épaules…

Claude

Je trouve magnifiques les mots de ma mère. Si je n'avais pas voulu moi aussi recevoir « la lave de paroles », je n'y aurais rien ajouté. Tout ce que j'avais à comprendre y figurait. Ce que je savais. Que le livre d'Evelyn ne pouvait que commencer par la mort d'Anny ; que si son père avait été le premier et grand amour de Maman, son destin avait été façonné, délimité par sa mère.

C'était dans les mots d'Anny qu'Evelyn avait justifié son déni : cette manière de prétendre que tout allait de soi dans son existence et qu'il ne fallait surtout pas s'inquiéter d'elle : rien ne lui était arrivé ; rien ne l'avait entamée ; rien ne justifiait que l'on s'inquiète d'elle ; elle s'inquiétait des autres, elle était là pour cela, ne vous dérangez pas !

Oui. Je trouve ma mère magnifique d'être si juste et en même temps irréelle – entretenant dès l'entame de son texte cette illusion tragique : que le silence qui la rongeait apaisait sa famille. Elle ne réalisait pas qu'en ne dérangeant personne, elle bouleversait chacun. Je la dérange alors, pour réparer notre monde. C'est ici que la violence que j'exerce en reprenant ses mots se justifie peut-être. En tout cas, j'ai appris.

Et toi ?

Quelles sont les gloires de ma mère.

Conduire, alors que son mari ne conduit pas. Surmonter la peur qui la prend au volant, et dont je pense aujourd'hui qu'elle était un refus de son corps d'admettre sa nouvelle liberté. Taper à la machine les livres que son mari écrit. Renoncer à travailler à la naissance de ma sœur, pour cuisiner chaque midi les surgelés Findus qui nous préservent de la cantine. Établir avec un soin maniaque une égalité parfaite entre Myriam et moi. Si Mimi, un déjeuner, ne mange pas son petit-suisse à l'abricot, celui-ci, retourné au frigo, reste le sien : même le lendemain, je ne dois pas y toucher. Revenir chaque année en Hollande. Rentrer à Paris.

Ne pas devenir folle de tout ce qu'elle s'impose.

N'avoir jamais maudit ses chaînes, mais les avoir brisées.

Je ne suis pas amoureux de ma mère au point de comparer ses conquêtes à celles des féministes suffragettes, Women's Lib, MLF, militantes de l'avortement et de la contraception, combattantes des harcèlements, des viols, des violences conjugales et des féminicides. Mais il n'est pas de combat risible contre l'aliénation. Peut-être des historiens ont-ils travaillé sur les libérations minuscules qu'arrachèrent, une génération avant moi, quelques mamans des squares et des goûters d'enfants.

Étions-nous si loin des sororités contemporaines ? Les révolutions de mon enfance passaient par des amitiés de bonnes femmes ; s'appeler « ma poulette », se renforcer l'une l'autre, s'évader dans un club Tupperware, des confidences murmurées, un livre partagé, et puis rapprocher les familles, forcer l'amitié des maris, des enfants. Maman avait gardé

Lonnie de sa jeunesse hollandaise. Elle eut et conserve Claudine, dont la mère était une militaire gaulliste et dont le père était mort en Indochine, tué par les envahisseurs japonais. Claudine était française de toujours. Je me souviens d'antiques albums de Bécassine dans une maison de campagne beauceronne où la poussière voletait, et d'un chat siamois, Nounouche, qui me faisait penser aux bêtes de Colette.

Guy, le mari de Claudine, bien plus âgé qu'elle, était écrivain et critique littéraire ; il fut un aîné pour mon père, qui fit mine de l'accepter. Guy était breton. Il venait de pensées qui nous étaient contraires. En 1942, sa mère lui avait offert *Les Décombres* de Rebatet, qui avait été le livre emblématique des collabos antisémites ; mais cette même année, voyant les bus de la rafle du Vel d'Hiv, Guy avait renversé son jeune cœur. Il était du bon côté du pays.

Nous fûmes de notre temps. Nous espérions que la gauche, un jour, prendrait le pouvoir en France, et qu'au Proche-Orient, juifs et arabes s'entendraient. Nous riions à Guy Bedos et à Louis de Funès. « Salomon, vous êtes juif ? » Rabbi Jacob nous sauverait. Nous admirions une jeune Allemande mariée à un juif français, Beate Klarsfeld, qui avait giflé le chancelier de son pays, Kiesinger, qui avait été nazi. Elle traquait les tortionnaires enfuis. Nous espérions qu'un jour on jugerait Klaus Barbie, l'assassin de Jean Moulin. Je trouvais qu'Evelyn, étrangère comme elle, ressemblait à Beate, dont le livre de combat s'appelait *Partout où ils seront.*

Je me demande si nous aimions les Klarsfeld pour eux-mêmes, ou parce que Maman venait des camps.

Nous prîmes goût aux week-ends à la campagne ; nous étions de la génération des films de Sautet. Evelyn fit acheter à Roger une maison près de celle de Claudine et Guy, comme elle avait déjà organisé notre déménagement à Paris. Nous habitions désormais le même immeuble que l'amie de Maman, un étage au-dessous : un propriétaire se délestait de ses appartements, nous n'avions pas raté l'occasion. Evelyn et Claudine utilisaient un téléphone pour enfants, dont le fil reliait les deux cuisines, pour que leur discussion ne s'arrête jamais.

En dépit de son affection littéraire pour Guy, Roger pouvait se lasser de l'amitié fusionnelle d'Evelyn et Claudine. Les mots montaient. Où étais-tu et qu'allons-nous manger ? Pourquoi parles-tu comme elle, est-ce que tu l'imites ? Il ne fallait pas trop crier : tout s'entendait d'un étage à l'autre. Je participais à cette réticence. Ma mère rayonnait dans l'amitié d'une femme et m'avait échappé.

J'ai donc commencé tôt à me méfier de sa liberté.

Quelle fut la force de ma mère ?

Elle poursuivit son chemin. Elle entreprit de changer le monde autour d'elle. Elle sentait en elle des trésors de puissance et n'imaginait pas quels réservoirs de disproportion. On ne résiste pas à cela. À un moment, on ne peut plus se nier.

À la fin des années 1970, la petite dame du square des Batignolles, qui plante en Eure-et-Loir des boutures de tulipes, trompe sa famille en devenant pasionaria des juifs soviétiques, que le communisme fourbu garde prisonniers à l'Est. C'est un engagement de dix ans. Ses amitiés féminines cèdent le pas à l'urgence ; elles ont accompli leur office : Evelyn ne demande plus de permission.

Elle s'en va derrière le rideau de fer, avec une amie d'abord, avec Roger ensuite, qui revient épaté de l'aisance de *Ninatje* à déjouer les pièges du KGB – car les services soviétiques surveillent ces faux touristes dont ils n'ignorent rien.

Elle manifeste à Paris. Elle perturbe les visites des ballets du Bolchoï. Elle s'enchaîne sur les stands de l'URSS et de l'Ukraine au Grand Palais, avant l'inauguration d'une manifestation nommée Expo-Langues, et jette les clés du cadenas. La police la libère avec d'énormes pinces, et l'évacue avant l'arrivée du ministre qui va ouvrir l'exposition. On l'a repérée. La préfecture lui envoie des agents, « vous avez besoin d'être protégée », quand le dirigeant soviétique Gorbatchev se rend à Paris, et ces agents finissent par la conduire au commissariat pour qu'elle ne manifeste pas devant le consulat soviétique.

Nous devenons familiers de noms exotiques, Evgueny Lein, Yossif Begun, Alex Iofé, Avital Sharansky, dont le mari, Anatoly, est au Goulag, accusé d'espionnage par les autorités : il est à la fois un « dissident », un proche du physicien Andreï Sakharov, militant pour une démocratisation du régime, et un « refuznik », un juif devenu un ennemi de l'État, après avoir déposé une demande de sortie du pays afin d'émigrer en Israël.

Evelyn nous explique les subtilités des oppositions en URSS ; dissidents et refuzniks s'épaulent mais ne se confondent pas, il ne faut pas se tromper de mots.

Je crois me souvenir qu'elle entraîne ma sœur dans des manifestations.

Je pose la question à Evelyn. En fait, je me souviens mal.

« Non, je n'ai jamais manifesté avec Mimi pour les juifs d'URSS ! Mimi est juste venue une fois, pour voir si j'avais été arrêtée : Papa avait invité quelqu'un à dîner. C'était après Expo-Langues. J'étais au commissariat sous le Grand Palais. Quand j'ai demandé à un policier si je pouvais sortir, parce que j'avais un dîner chez moi, il m'a répondu : Madame, quand on a des invités, on ne manifeste pas ! »

J'appelle ma sœur, ravi de l'histoire. Si ce n'est pas une belle anecdote féministe, alors, le féminisme n'existe pas. Mais Myriam prétend que Maman se souvient trop. Elle se rappelle bien la réplique du policier, Maman nous la racontait. Mais elle ne croit pas que Roger l'ait jamais envoyée chercher Evelyn. Elle pense qu'il n'avait même pas remarqué qu'elle n'était pas rentrée.

Je suis un peu marri. Mémorialiste, je serais bien de l'école John Ford, maître du western, qui dans *L'Homme qui tua Liberty Valance* fait dire à un journaliste cette vérité essentielle : « Quand la légende est plus belle que la réalité, *print the legend !* » Je n'ose pas.

Je me venge de ma sœur en lui chantant à tue-tête (par WhatsApp, dans la rue, car avec l'âge je perds mes faibles inhibitions) une chanson vieille de quatre décennies, que des jeunes juifs entonnaient, à la guitare, du temps où Evelyn militait.

« Être juif en Union soviétique, est devenu un crime politique / Trois millions de mes frères, vivent là-bas dans une cage de fer. »

C'est un air de blues ou de *protest song*, toute une époque, que je viens de retrouver sur un podcast de la radio juive, RCJ, qu'avait fondée mon père au siècle dernier, consacré à cette lutte oubliée. Evelyn est un des témoins. L'autrice du podcast, Victoria Géraut-Velmont (merci consœur) me dit que la chanson fut écrite pour les EI, les Éclaireurs israélites, la branche juive du scoutisme français, par un militant nommé Bertrand Klein.

Elle me semble une madeleine et un regret. Je ne militais pas ; Maman militait seule.

Je me souviens que Myriam et moi, quand Evelyn revenait de manif, l'accueillions avec des banderoles et des slogans : « Gorbatchev, laisse sortir ma mère », car, riions-nous, elle nous délaissait.

(Je me souviens abusivement, me dit ma sœur. La blague n'était pas de nous mais des enfants d'une autre militante, Sigrid, qui comme Evelyn passait beaucoup de temps à sauver les juifs soviétiques. Mais pourquoi me suis-je approprié cette scène ? Sans doute l'ai-je beaucoup enviée, beaucoup désirée.)

Evelyn

Je ne sais pas pourquoi j'ai dit à mon amie Margot que Moscou ressemblait à un camp de concentration. Cela m'était venu presque malgré moi. J'avais ensuite repoussé l'étrangeté de cette phrase.

C'était, en juillet 1979, mon premier voyage en URSS. Nous devions documenter une manifestation prévue devant le monument aux morts juifs de la guerre, à Minsk, que les autorités menaçaient de détruire. Nous avions rencontré un colonel vétéran de la Seconde Guerre mondiale, que les journaux accusaient de traîtrise ou d'espionnage. Il s'appelait Ofsicher. Il nous attendait devant notre hôtel. Il criait mon nom, « Evelyn ! », au moment où je sortais, juste après avoir assuré le directeur de l'hôtel que je ne connaissais personne en ville, mais que je n'avais pas besoin d'un guide, j'adorais marcher et j'adorais Minsk !

Ofsicher me donna un journal où il se faisait insulter, afin que l'on sache, à l'Ouest, ce qui arrivait. Mais en faisant mes bagages, je me suis souvenue d'une recommandation que l'on m'avait faite : emporter un document imprimé en russe était assimilé à de l'espionnage : je n'ai pas pris le journal, simplement des bouts de papiers griffonnés, que l'on nous avait donnés devant la synagogue de Moscou ; des familles juives écrivaient leurs noms et leurs adresses afin de recevoir des invitations pour fuir en Occident. Ce n'était pas un crime. J'avais laissé ces papiers dans les poches d'une robe d'été. À l'aéroport, on nous a retenues. Nous avons eu de la chance de voyager avec Air France : l'avion nous a attendues une heure et demie. Quand Margot et moi avons embarqué, le commandant est sorti de la cabine pour nous offrir deux verres de champagne.

J'ai fait cinq voyages en URSS. Je laissais passer du temps entre eux. Je n'avais jamais peur. Que pouvait-il m'arriver ? À Leningrad, je fus convoquée par la sécurité de mon hôtel. Le directeur me dit que j'avais fait quelque chose de très grave – j'avais rencontré un ami refuznik. « Si j'ai fait quelque chose de très grave, je vais aller voir mon consulat avant de visiter le musée de l'Ermitage ! » J'en faisais des tonnes. Le personnel du consulat ne fut pas très aimable. Il ne voulait pas de problèmes.

Ces voyages m'ont réveillée. Je n'étais plus une femme au foyer. Je faisais quelque chose d'important. Cela balayait tout. Un mois de janvier, j'avais organisé un rassemblement à Paris. Henry Bulawko m'avait appelée. Comment avais-je pu manifester le jour anniversaire de la libération d'Auschwitz ? Je l'avais pris de haut. « Écoute, toi tu t'occupes des morts, moi je m'occupe des vivants ! » Nous étions restés six mois sans nous parler.

Ces années-là, je faisais le siège d'une femme politique pour qu'elle s'engage pour les juifs soviétiques. Simone Veil était la présidente du Parlement européen. Elle avait survécu à Auschwitz. Elle avait donné aux femmes la liberté de leur corps en légalisant l'avortement. Elle se donnait avec passion à la construction de l'Europe.

Mais elle m'opposait refus sur refus : les juifs d'URSS ne la concernaient pas.

Je suis allée la revoir avec l'épouse et la mère de deux « prisonniers de Sion » – c'était le nom que l'on donnait aux refuzniks envoyés au Goulag. Une nouvelle fois, Simone Veil s'est dérobée. Le Parlement européen, disait-elle, ne pouvait pas prendre de position politique. Je suis sortie de son bureau. J'ai senti monter ma colère. J'ai fait demi-tour, et je l'ai regardée.

« Il y a quelques mois, j'étais à Moscou. Je me suis sentie comme dans un camp ! »

Simone Veil a levé la tête. « Vous étiez dans un camp ? Mais vous étiez toute petite ! » Oui, j'avais été dans des camps. Pas Auschwitz, comme elle. Mais des camps tout de même, de quatre à six ans. Elle a répété plusieurs fois, « Vous étiez toute petite ! ». À partir de ce jour-là, elle ne m'a plus rien refusé : elle m'a reçue à chaque fois que j'en faisais la demande, elle a signé toutes les lettres que je lui soumettais et elle venait dans tous les colloques que j'organisais. Nous étions de la même famille.

Ce fut la première fois que l'on me disait que j'étais toute petite, quand on m'avait déportée.

Claude

Elie Wiesel, l'écrivain prix Nobel et ami de mon père, a souvent raconté la genèse de son premier livre. Après les camps, il avait d'abord gardé le silence, pour que s'installent en lui les morts de sa mère, de sa petite sœur et de son père. Puis, dans la fièvre, il avait écrit – en hébreu puis en yiddish – plus de 800 pages intitulées *Un di Velt Hot Geshvign*, « Et le monde se taisait », qui, raccourci, avait été publié en Argentine (le monde juif était exsangue et éparpillé) sans que nul s'en soucie. En 1955, le journal israélien qui l'employait demanda à Wiesel une interview du Premier ministre français Pierre Mendès France ; et Wiesel, par une ruse qui l'embarrassait, mais les journalistes sont rusés par force, sollicita un entretien avec le romancier prix Nobel François Mauriac, ami de Mendès, qui pourrait donc l'aider.

Ici Wiesel parle.

« Le problème était que Mauriac aimait Jésus. Écrivain, écrivain catholique, honnête, intègre, amoureux de Jésus. Il ne parlait que de Jésus. Finalement, je lui dis, "Et Mendès

France?" Il dit que Mendès France, comme Jésus, souffrait… Avec ce Jésus, c'en fut trop, et pour la seule fois dans ma vie, je fus discourtois. Je lui dis, "Monsieur Mauriac, il y a de cela dix ans à peu près, j'ai vu des enfants, des centaines d'enfants juifs, qui ont souffert plus que Jésus sur sa croix, et nous n'en parlons pas". Je me sentis soudain gêné. Je fermai mon bloc-notes et me dirigeai vers l'ascenseur. Il me rattrapa. Il me retint ; il s'assit dans sa chaise, moi dans la mienne, et il se mit à gémir. J'avais rarement vu un vieil homme pleurer de la sorte, et je me sentais si bête… Et puis, à la fin, sans rien dire d'autre, il dit, vous savez, vous devriez peut-être en parler. »

Ce fut ainsi que Wiesel traduisit son livre en français, qui raccourci encore, rebaptisé *La Nuit*, préfacé par Mauriac, publié par les éditions de Minuit, traduit ensuite en anglais et publié en Amérique, fit d'Elie un témoin pour l'éternité.

« Jamais je n'oublierai ces instants qui assassinèrent mon Dieu et mon âme, et mes rêves qui prirent le visage du désert. Jamais je n'oublierai cela, même si j'étais condamné à vivre aussi longtemps que Dieu lui-même. »

Je ne suis pas épris de ma mère au point de la comparer à Wiesel. Mais comme Elie, Evelyn porta auprès des juifs soviétiques la blessure de la Shoah. Et elle aussi sut être discourtoise.

Je me dis que je suis passé à côté de cette femme, Evelyn, quand elle était vive et pugnace. Je me dis ensuite que l'on passe toujours un peu à côté de ses parents. Je me dis enfin que vive et pugnace, elle l'est toujours, et peu économe d'indignations, qu'elle me fait partager.

Quand l'URSS est tombée, en 1989, libérant ses peuples et parmi eux ses juifs, les refuzniks d'Evelyn sont devenus israéliens ; des universitaires, des politiques ; parfois, qu'y faire, de fieffés réactionnaires, des va-t-en-guerre, des adeptes de la colonisation, devenus allergiques au simple mot de « progressisme » après avoir subi le communisme. Parfois (et parfois en même temps) des gens délicieux, d'une civilisation rare, quintessence des élites slaves, et qui regardaient ma mère comme celle qui les avait éclairés dans la nuit. À quoi pensais-je quand je faisais rire mes amis avec ses inquiétudes ? Il faut imaginer Shelley Winters en héroïne.

Je me dis que Jiminy Cricket Bataille n'avait pas tort de me forcer à écrire. Mais la Shoah n'était pas l'unique sujet.

Passé la soixantaine, Evelyn a trouvé d'autres combats. Elle porte encore la cause des femmes juives religieuses que leurs maris persécutent en leur refusant le divorce religieux, ne leur donnant pas le *guet*, ce parchemin rituel rédigé à la main qui libère la femme du mariage ; privée de sauf-conduit, l'épouse devient un zombie juridique, une *agouna*, une prisonnière, interdite de se remarier religieusement, et dont les enfants, si elle transgresse, seront des bâtards religieux, *mamzerim*, parias dans les communautés.

Les esprits forts hausseront les épaules devant ces archaïsmes : si des femmes décident de se soumettre à des superstitions imbéciles, des règles inventées par des hommes au profit des hommes, et qu'on appelle « religion », elles méritent leur sort ! Evelyn le voit autrement. Il n'est pas de petit féminisme, ni de femmes piétinées par des hommes, qui ne méritent pas protection. Elle a fait des *agounot* ses sœurs ; elle porte leurs dossiers devant des rabbins qui parfois l'exaspèrent et parfois l'entendent ; devant des tribunaux religieux qui croient pouvoir, parfois, échapper au sens commun et parfois s'y soumettent ; elle menace d'exposer le judaïsme au regard de la société ; elle organise l'isolement des maris bourreaux dans les synagogues : que la honte change de camp ! Elle est insupportable aux uns et d'autres l'aiment ; ce n'est pas seulement pour ses devoirs de mémoire que le grand-rabbin Korsia – homme de Dieu et de la République dans un monde pharisien – a pris Evelyn en affection.

Maman me dit parfois une victoire, qu'elle a obtenue entre deux témoignages. Une femme dont le bourreau renonce, « il a donné le *guet* », dit-elle. Je devine un destin sauvé. Je pense à un vieux film de Frank Capra, ce cinéaste de l'Amérique des possibles, *La vie est belle*, où James Stewart, sur le point de renoncer à la vie, persuadé d'avoir été floué, est amené par un ange à contempler comment son existence a changé le monde : tout ce qu'il a donné aux autres.

Je ne crois pas que Maman ait jamais pensé à quitter cette existence. Sait-elle ce qu'elle a pu donner ?

Myriam et moi, méchants frère et sœur, fichus enfants, héritiers cyniques de notre père chansonnier, moquons (tendrement) la joie d'Evelyn d'être reconnue pour ce qu'elle est : formidable. La voilà vieille mais heureuse d'être admirée, comme l'était sa mère avant elle. En eurent-elles besoin ! Oma avait sorti sa famille des camps de la mort. Evelyn combat l'oubli. On les écoute. Elles bouleversent. On les applaudit. La guerre et la Shoah, les détresses du monde, ont transmuté en endorphine dans une malicieuse chimie des âmes ; cela n'annule pas le chagrin ; mais le chagrin n'empêche pas la fierté.

Evelyn me dit que dans sa famille, « pas seulement ma famille, chez plein de rescapés de la Shoah », on en voulait après-guerre à l'écrivain Stefan Zweig de s'être suicidé, au Brésil, en 1942. « Il n'était pas dans un camp, sa vie n'était pas en danger ! Il n'avait aucune raison de se tuer. On le regardait comme un traître ! »

J'ignorais tout de cette détestation. Evelyn ne me l'avait jamais évoquée. Je l'ai découverte quand je m'approchais de la fin de notre livre, en cherchant – un peu au hasard, j'y mettais plus de fébrilité que de méthode – ce qu'elle avait pu dire d'elle-même, dans des témoignages qu'elle a enregistrés au fil du temps. Avais-je raté quelque chose ? Je suis tombé sur une perle. Un témoignage, réalisé par Zoom, donc de chez elle, en 2020, quand le Covid nous gardait confinés, pour le Mémorial de la Shoah. Evelyn dialogue avec le directeur du centre. Je l'écoute trois ans plus tard, une nuit, avant d'aller travailler. Je ne le lâche pas.

Ce qui me trouble. À un inconnu, Evelyn se livre mieux qu'elle ne s'est jamais livrée avec moi. Elle accepte son questionnement, ne résiste pas ni ne fuit ni ne se fâche. Je ne découvre pas la structure de son récit. Mais il est débarrassé du flou et des fioritures ; le voilà pensé et ordonné. Presque dialectisé.

Ce qui me perturbe. L'inconnu qui interroge ma mère ne l'est pas vraiment, inconnu. Son nom m'est familier. Jacques Fredj, qu'elle appelait Jacky, était un des jeunes gens qui l'accompagnaient dans ses manifestations pour les juifs soviétiques – qui l'avaient accompagnée là où je n'étais pas. Il est plus mince que moi. Il connaît mieux ma mère que moi. Il l'interroge comme un vieux camarade. Ils se sont connus, Jacky avait dans les vingt ans, Maman la quarantaine. Son nom revenait souvent à la maison. Pourquoi n'y ai-je pas plus prêté attention ?

« Il est excellent ton dialogue avec Jacky Fredj.

— Tu l'as écouté ?

— Il te connaît bien !

— Je l'ai rencontré quand il avait seize ans ! Il était aux Éclaireurs. Il disait que j'étais toujours partante pour participer à leurs actions. Je n'étais pas comme les autres adultes…

— Seize ans ! Il a mon âge ?

— Exactement !

— C'est ton vrai fils. Celui qui militait avec toi quand je faisais autre chose…

— Si c'est pour dire des bêtises…

— Je te taquine… Vous manifestiez ensemble ?

— Après les Éclaireurs, il était allé en fac d'histoire puis il avait arrêté ses études. Je ne devais pas le dire à ses parents. Il s'occupait de la sécurité de la Communauté juive, rue de Téhéran. Il se débrouillait bien. Même si une fois, il avait oublié de me prévenir qu'il y avait une alerte à la bombe. J'étais dans mon bureau en train de taper le bulletin de la BJC… Papa m'avait appelée d'en bas. Tout le monde était dans la rue, sauf moi !

— *L'Arche* n'était pas rue Georges Berger ?

— Elle était encore rue de Téhéran… »

En ce temps-là, les institutions juives se logeaient dans des immeubles bourgeois de part et d'autre du parc Monceau. Chaque Hanouka, la fête des Lumières qui tombe vers Noël, je recevais des cadeaux rue de Téhéran. Au rez-de-chaussée de la rue Georges Berger se trouvait la synagogue de ma bar-mitzva. On y installa ensuite Radio Communauté, qui serait RCJ. Le journal de mon père était à l'étage. La BJC, la Bibliothèque juive contemporaine, était une des associations dévouées aux juifs d'URSS, avec le « Comité féminin de soutien » que Maman présida, qui ne se confondait pas avec un « Comité de solidarité » de même objet. Il y avait, dans ce petit monde juif, de mes parents, une infinité de nuances. J'en avais tous les codes. Je n'en fis pas grand usage.

Jacky Fredj n'est pas le vrai fils de ma mère, mais un ami du village, qui lui n'est pas parti.

Aujourd'hui, la radio, le journal, les administrations de la communauté juive se trouvent rive gauche, dans le quartier des Gobelins, dans un immeuble contemporain, le Centre Rachi, du nom de ce rabbin troyen du Moyen-Âge qui commenta la Torah en français. Valérie avait grandi à Troyes. Tout ceci est trop familier. La maman de Ilan Halimi, qui fut enlevé et tué parce qu'il était juif, travaillait à l'accueil de Rachi. Maman la connaissait bien.

À Jacky Fredj qui la sait mieux que moi, Evelyn a donc parlé de Zweig. Elle a parlé de Heine dont mon grand-père avait racheté les œuvres complètes, à peine revenu des camps. Elle a parlé de la langue allemande qui manquait à ses parents, mais qu'elle n'a jamais supporté d'entendre, et qu'elle se refuse à prononcer. Elle la lit et l'écrit, mais rien au-delà.

Je m'en étonne.

« Quand nous étions à Spire avec Oma, tu avais quand même parlé allemand pour dire aux Allemands que l'Allemagne était un pays maudit ?

— Non, je l'avais dit en anglais !

— Donc tu n'as jamais parlé en allemand ? Même au lycée ? Tu as quand même appris l'allemand !

— Opa et Oma ont voulu que j'apprenne. Mais de mon temps, on ne parlait pas pour apprendre une langue…

— Gut, ich verstehe !

— Arrête !

— Ich weiss nicht, was soll es bedeuten…

— Oui, la Lorelei ! Tu ne sais pas prononcer !

— Pourquoi ne m'avais-tu pas dit pour les livres de Heine ?

— Je te l'avais dit…

— Non, tu m'avais juste dit que Opa l'aimait ! Donc tu lis en allemand…

— J'ai lu tout Stefan Zweig dans le texte…

— Es stimmt ! »

Ce qui montre qu'elle ne lui en veut pas tant que ça.

Stefan Zweig se tua à Petropolis, dans l'État de Rio de Janeiro, le 22 février 1942. Evelyn serait déportée d'Amsterdam treize mois plus tard. Il avait soixante ans. Il venait de terminer son livre-testament, *Le Monde d'hier. Souvenirs d'un Européen*. Il se tua pour ne pas survivre à la civilisation européenne, et parce qu'on lui avait volé sa langue. Il ne savait être au monde qu'en parlant allemand.

Je me demande si Oma elle aussi pouvait en vouloir à Zweig de son suicide – elle qui en mai 1940 n'avait plus voulu voir la suite de son histoire.

Evelyn dit qu'elle n'a pas de racines. Si elle en avait, elles seraient en Allemagne, dans un pays qu'elle ne peut pas aimer. Elle s'y est rendue pourtant, dans ses pérégrinations de militante. Elle a raconté son histoire à la mairie de Francfort, la ville de son père. Elle est allée rencontrer, à Berlin, des Allemands de la jeune génération, d'une association qui veut réparer les fautes des pères. Elle leur a dit qu'elle n'aimait ni leur langue, ni leur pays, mais que peut-être désormais, elle se sentirait réconciliée.

(Je réalise, au stade des corrections du manuscrit, qu'Evelyn me raconte souvent cette rencontre berlinoise. Depuis que je la pratique, j'ai appris à traduire ma mère : ce n'est pas à l'intensité de ses mots, mais à la récurrence de ses histoires, qu'on sait ce qui compte vraiment pour elle ; il lui est donc important désormais d'apaiser son lien à l'Allemagne, pour être moins perdue sur cette terre, et donc moins loin de ses parents ; comme si elle ne pouvait pas être à la fois contre la Hollande, et irrémédiablement séparée de Spire et de Francfort. Évidemment, comme souvent, je peux me tromper.)

Maman me dit aussi ceci ; à moi, pas à Jacky Fredj.

« Mimi m'a dit qu'elle avait accompagné Oma en Allemagne, deux ou trois fois…

— Oui… Nous l'avions fait aussi il y a longtemps avec Valérie. Elle avait un compte en banque là-bas. Elle était allée retirer du liquide. J'imagine qu'elle recevait des pensions ou des réparations ?

— Mimi dit qu'elle était tellement contente d'être en Allemagne… »

Je n'ai pas dit « Genau », mais cela me paraissait évident.

Evelyn

Je n'ai jamais aimé les réunions. Elles m'ennuient. Je préfère l'action. Quand je n'ai pas le choix, j'écoute le moins possible, je dessine, je rêve à autre chose. C'est comme chanter dans la rue. Je le fais sans y penser. Je me souviens que dans une réunion de la Coopération féminine je dessinais une jolie maison entourée d'arbres. Une amie a vu mon dessin. « Il est horrible ! Tes arbres n'ont pas de racines ! Ils flottent, ils vont s'envoler ! » Je me suis dit que ces arbres me ressemblaient.

À force de cauchemars et de mots qui s'échappaient de moi, j'avais compris que la Shoah était revenue. Mais je ne savais pas à qui en parler. J'avais pris l'habitude du silence. Je ne voulais pas attrister ma famille. Je ne ressemblais à personne.

J'ai cherché autour de moi. Je suis allée voir Serge Klarsfeld, que j'avais admiré et que j'aimais beaucoup. Je voulais adhérer à son association.

« Bien entendu Evelyn, dans quel convoi es-tu partie ?

— J'ai été déportée depuis la Hollande.

— Ah… Alors je suis désolé. Je ne peux pas t'accueillir. »

Car l'association de Serge s'appelle les Fils et filles de déportés juifs de France.

J'ai ensuite rencontré le père d'une amie de Claude, qui avait été déporté « dans le même camp que ta mère ». Albert Bigielman m'a acceptée dans son amicale des anciens de Bergen-Belsen. Je payais mes cotisations. Je lisais les comptes-rendus des assemblées générales auxquelles je ne me rendais pas. Ces gens étaient gentils, mais ils n'avaient pas la même histoire que moi.

Je ne savais que faire du vide que je ressentais. Je me souviens avoir posé la question à Izio Rosenman, qui militait dans les gauches juives. Il n'avait que trois ans de plus que moi. Il était né en Pologne. Il était sorti de Buchenwald. Il était psychanalyste. Comment faisait-il ? « Facile ! Trente ans d'analyse et je m'en sors à peu près bien ! » J'ai ri : je n'avais pas trente ans devant moi pour dépasser mes non-dits.

J'ai quand même fini par voir une psy, quelques années plus tard, à partir de la fin 2009. Valérie, l'épouse de Claude, était morte en juillet. Dov, l'époux de Myriam, en février 2008, un an et demi plus tôt. Mes petits-enfants étaient orphelins. Roger était pris par la maladie d'Alzheimer. Il avait fait une mauvaise chute en Israël. Il avait du mal à se déplacer seul. On l'avait assommé de drogues dans une clinique de rééducation. Je m'étais juré de le soutenir. Je m'épuisais. *Mammie* vieillissait à Amsterdam, entourée de dames dont j'assurais le salaire, en dépensant l'héritage de ma tante Else. Il n'y avait que du malheur autour de moi ; tout ce que nous avions construit s'était effondré en quelques mois. Et je n'avais personne à qui parler. Claude et Myriam et leurs enfants se débattaient dans leurs vies.

Chez la psychologue, je n'étais pas seule.

Claude

Quand Nolwenn est entrée dans ma vie, mes familles suintaient de larmes, et parfois c'était un torrent. Je ne faisais pas exception. J'ai raconté dans un autre livre l'histoire possible d'un homme endeuillé, perdu dans les temps de ses amours, et d'une jeune femme vivante. À sa demande, j'avais changé le prénom de Nolwenn ; nous faisons le même métier. Elle était devenue Kathleen, pour sa sonorité irlandaise, donc cousine du breton, et pour la ballade que chantent les soldats de John Wayne à Maureen O'Hara dans *Rio Grande* de John Ford.

« I'll take you home again Kathleen, across the ocean wild and wide, to where your heart has ever been… »

Mais où pouvons-nous retourner.

« Kathleen avait rencontré mon père à la campagne. Roger l'avait regardée d'un œil circonspect, puis il avait tourné la tête et gloussé, "elle n'est pas très intéressante", impérial et ravi : l'Alzheimer n'avait pas aboli son droit aux vacheries.

Kathleen se souviendrait de lui comme d'un vieil homme drôle.

Elle avait emmené Evelyn, ma mère, au concert, un dimanche après-midi. Barenboim dirigeait à Pleyel (...) Je gardai Papa en les attendant. "Tout s'est bien passé ?" demandé-je à ma mère à son retour. "Très bien", me dit Evelyn. Kathleen ne répondait plus au téléphone. J'allais chez elle et la trouvai au lit, habillée, le drap jusqu'au menton, tétanisée. Dans le métro, au retour, ma maman lui avait déroulé la liste de nos morts, qu'elle sache dans quelle famille elle arrivait, et dans quelle tribu. "Nous, les juifs, nous sommes faits pour la souffrance", avait-elle expliqué à ma nouvelle amoureuse âgée de vingt-sept ans, entre les stations Ternes et Rome de la ligne 2. On en dit des choses, en moins de dix minutes. Je consolai Kathleen. Evelyn avait des raisons sinon des excuses. »

Je n'avais pas pris au tragique l'épisode du métro. Je ne fus pas loin de le ranger dans les folklores d'Evelyn ; une histoire de mère juive à raconter aux copains. C'était finalement drôle, ce bizutage ; j'étais plus inquiet de l'effet traumatisant qu'il pouvait avoir sur Nolwenn. Je n'avais pas vu à quel point ma mère était en perdition.

Après l'enterrement de Valérie, elle avait lancé d'une voix trop forte – un cristal se brisant : « Je suis tellement bête que je pense que c'est de ma faute ! » Myriam et moi avions emmené Maman dans ma chambre. Nous lui avions mal parlé. Elle n'avait pas le droit de ramener à elle les malheurs des autres ! Elle n'était pas le centre de tous nos mondes détruits !

Nous avions une arrogance de veufs et la verve brutale de ceux qui ne sont pas orphelins. Maman avait encore son homme. Qu'elle n'aille pas se plaindre dans la maison d'une morte !

Il est enrichissant, avec quatorze ans de retard, de constater que l'on fut un salaud.

Car Evelyn ne trichait pas. C'était bien son monde qui brûlait. Elle était nue dans les flammes.

Myriam et moi étions des veufs en mission, lestés de nos enfants, dopés de nos vies à poursuivre. Evelyn n'avait plus rien à attendre. Elle avait joué toute son existence sur son droit au bonheur des siens. Elle avait perdu.

La mère attentive et câline, la grand-mère joueuse et joyeuse, Baba aux colliers, aux gâteaux et à la balançoire dans le jardin de la maison de campagne, n'était pas seulement une femme heureuse d'aimer et d'être aimée, mais une fillette revancharde, qui réclamait son dû. Rescapée des camps, Evelyn avait rêvé près de ses parents blessés aux grandes tablées et aux rires des maisons de famille. Elle avait construit cela, en repoussant la peur et les souvenirs qui auraient pu la hanter. Elle avait refoulé son passé pour accomplir sa joie. À quoi bon : la mort est perverse ; elle lui avait tout pris. Evelyn était sortie de la Shoah sans perdre ses parents, mais ses cinq petits-enfants étaient orphelins, et bientôt, Roger et Anny mourraient. Que lui restait-il alors ?

En 2022, France Inter, mon employeur, me fit cadeau d'une émission d'été. Avec une amie reportrice, j'allais réaliser des portraits de France : raconter et faire parler des gens faussement ordinaires, dont les vies nous rendraient meilleurs – nous feraient comprendre un peu mieux ce qui se jouait autour de nous. J'eus l'idée de nous inclure, Evelyn et moi, à ce paysage ; nous raconterions l'impossible transmission de la mémoire entre une mère et un fils. Je me disais que je découvrirais quelque chose de ma mère, en provoquant sa parole dans un studio de radio et en invitant un tiers – Anaëlle Verzaux, mon amie reportrice – dans notre relation bloquée. Notre projet de livre stagnait depuis des mois. Nous nous refusions le dialogue. Autant tenter autre chose.

Anaëlle tendit son micro à mes grands enfants et à ma compagne. Camille et Théo parlaient joliment de leur grand-mère. Ils me tenaient un peu responsable de l'enlisement du bouquin, mais sans méchanceté. Nolwenn, elle, s'amusait de notre couple (celui que je forme avec Evelyn – même si notre couple, à elle et moi, peut aussi l'égayer). Elle humait nos névroses en gourmet du freudisme. Elle pensait que je devais tirer le livre loin du pathétique, vers une drôlerie apaisante ; car nous étions drôles, ma mère et moi, à nous déchirer pour mieux nous aimer.

« Elle dit quelque chose, il dit non c'est faux. Elle dit si c'est vrai. Il dit non c'est faux. Elle dit si c'est vrai. Elle se lève, elle prend son manteau, puisqu'elle dérange et puisqu'elle a tort. Il dit mais non assieds-toi reste tu ne vas pas partir comme ça. Elle se rassoit. Elle redit quelque chose. Il dit non. Elle remet son manteau. Il la retient. Il lui demande si elle veut un Uber. Elle dit qu'elle veut rentrer à pied. Il veut lui commander un Uber. Elle lui dit qu'elle lui a dit qu'elle voulait marcher et qu'elle peut se débrouiller toute seule. »

Nolwenn pensait qu'Evelyn et moi ne saurions pas nous installer dans une pièce pour parler. Peut-être pourrions-nous échanger par mail ?

Nolwenn raconta aussi la vieille histoire du concert de Barenboim, cette « scène fondatrice de notre relation avec Evelyn ». Douze ans plus tard, elle y mit des sourires.

« Au retour, dans le métro, elle m'a dit : "Tu sais, tu te mets avec un juif, mais les juifs, ils portent tout le malheur du monde… As-tu conscience de ce que tu es en train de faire ?" J'avais bredouillé, que oui j'avais conscience, que les Bretons aussi avaient vécu des choses atroces. Je faisais des blagues ! Mais en fait, c'était gentil de sa part : elle voulait m'avertir… »

De l'interprétation des souvenirs. Nolwenn rattachait la scène du métro aux fantômes de la Shoah et au terrible destin juif. Evelyn assure qu'il y a maldonne – et je pense qu'elle dit vrai. Elle n'avait parlé que des deuils familiaux et des fantômes familiers, qui hanteraient son couple si Nolwenn poursuivait avec moi. C'étaient Dov et Valérie qu'elle avait convoqués entre les stations Ternes et Rome de la ligne 2, et c'est leur évocation qui avait assommé Nolwenn – plus vulnérable alors qu'elle ne l'est aujourd'hui.

En même temps, la confusion est compréhensible. À notre échelle, la découverte de la maladie de Roger, sa dégradation mentale puis physique, le cancer de Dov, la mort soudaine de Valérie, la mort de Roger enfin, en 2011, furent une Shoah familiale. En trois ans, non seulement des vies, mais une civilisation intime, une manière de faire clan, de s'aimer ou de se méprendre furent balayées. Nos albums photo ne valaient guère mieux que les clichés sépia d'une rue de Varsovie ou d'Amsterdam en 1938. Les vivants, ma sœur et moi, nos enfants pour ce qu'ils pouvaient comprendre, ma mère, portaient des souvenirs à jamais figés.

Nos vies ensuite, nos joies et nos amours, seraient un autre monde. C'est dans le deuil de Valérie que j'ai compris les destructions que je lisais dans les livres. Et aimant Nolwenn, j'ai compris comment des rescapés, ensuite, avaient reconstruit des familles et furent heureux au présent.

Sans doute, à Nolwenn, Evelyn avait parlé de nos morts. Mais sans aucun doute, parlant de nos morts, elle regardait la Shoah. C'est en 2010, en 2011 au plus tard, qu'elle se laissa reprendre par sa petite enfance. Elle n'avait pas d'autre choix : plus rien ne l'en protégeait.

J'ajoute ceci : la plaisanterie de Nolwenn sur les atrocités qu'ont connues les Bretons n'est pas hors-sol. Elle me rappelle un vieux scandale parlementaire, sous le Front populaire, quand le ministre socialiste de l'Intérieur Marx Dormoy, excédé des attaques antisémites que subissait le président du Conseil Léon Blum, lança à la Chambre qu'un juif valait bien un Breton. Pour cela aussi, des collabos l'assassinèrent sous Pétain. J'en reste là : ces terrains sont glissants comme le sentier des douaniers après la pluie. Mais si nous regardons les seuls tremblements intimes, les familles de Nolwenn, qui ont connu leurs parts de drames et de morts, ne sont pas inférieures aux Askolovitch – quoi que nous puissions feindre ou ressentir.

J'ajoute encore. Ce qui est troublant chez Evelyn, ce n'est pas tant qu'elle mette son manteau pour partir quand je la contredis. C'est qu'elle est parfaitement capable d'arriver chez moi sans même enlever son manteau, s'asseyant sur le rebord d'une chaise pour partir plus vite, ou même ne s'asseyant pas, pour ne pas déranger – son mot fétiche. Elle va juste prendre un verre d'eau !

Ce n'est pas lié à son âge. Valérie s'étonnait déjà de cette belle-mère, incarnation vivante des injonctions contradictoires, qui imposait sa présence en ne faisant que passer.

Evelyn

Depuis 2011, je reçois chaque automne, en une fois, une pension de trente mille euros, un peu plus, de l'État français, en tant qu'ancienne déportée vivant en France. Cette somme n'est pas négligeable. Je suis sans souci d'argent et peux gâter les miens. Mais plus encore, cette rente a changé ma vie. Elle a fait de moi, officiellement, une rescapée de la Shoah, pour les autres, pour la République, mais avant tout à mes propres yeux.

L'amie qui m'a rendu la conscience s'appelle Andrée Katz. Je la connaissais de nos milieux militants. Elle s'occupe d'une association nommée Passerelles, qui accompagne des anciens déportés. On ne s'était jamais occupé de moi auparavant. C'est Andrée qui m'a dit que j'avais droit à une rente ; c'est elle qui a demandé ma fiche aux archives du Musée de l'Holocauste de Washington, afin que je puisse prouver mon passage dans les camps.

(Je ne savais pas, cela dit mon détachement, que le United States Holocaust Memorial Museum de Washington, comme le

Yad Vashem israélien, est un centre de ressource mondial pour les historiens de la Shoah !)

Le mail que j'ai reçu comptait vingt-cinq pièces jointes. Sur certaines, mon nom était mal orthographié. Mais c'était mon nom pourtant, Evelyn Sulzbach, et cela changeait tout. Sur les papiers de la Croix-Rouge, les registres de Biberach, je n'étais jamais nommée, simplement mentionnée. On parlait de Jacob Sulzbach, de Anny Sulzbach, et d'une petite fille, leur fille, simplement cela, une fillette sans nom : avais-je existé ? Ces documents nazis venus de Washington me nommaient pour la première fois. Je les ai imprimés ; je les ai sauvegardés sur mon ordinateur ; j'ai pleuré sans m'arrêter pendant trois jours.

Roger est mort le 27 novembre 2011, un mois avant que je reçoive ma première pension.

Claude

Evelyn m'avait parlé de cette histoire de pension, mais sans me faire comprendre ce qu'elle représentait pour elle. Aurais-je pu deviner ? J'y voyais un soulagement matériel et ce n'était pas rien. Sa vie était horrible, enfermée avec Papa que je ne visitais pas assez. Je le gardais parfois. Je caressais sa main dont la vieille peau était douce. Maman m'inquiétait plus que lui. Je tremblais qu'un jour, voulant porter son mari, elle se blessât cruellement. J'avais lu que dans ces maladies de vieillards, les aidants meurent parfois plus vite que les aidés.

Je ne sais plus si j'ai utilisé mon reste de crédit dans le monde politique pour faciliter ses démarches. J'en aurais été capable. C'est la preuve que je n'y comprenais rien. J'avais la tête ailleurs et le cœur occupé. Je reconstruisais mon existence. Je déconstruisais ma carrière. Je courais après les piges. Je courais après Théo qui courait après son bac et sauterait ensuite sur des scènes de théâtre. Je courais à la crèche puis à l'école récupérer Octave. Je courais à la crèche puis à l'école pour Léon. Je courais pour que Camille ne puisse pas penser que son père ne courait pas pour elle. Je tenais

Nolwenn pour acquise, tremblant de me tromper. J'avais fait d'Evelyn une grand-mère à nouveau. Elle avait toujours aimé les bébés. Forcément, elle allait mieux.

En six ans, je dirais de 2010 à 2016, je n'eus pas une seule vraie pensée pour ma mère – pour sa vie intérieure, ce qu'elle réparait – et aucune conversation digne de ce nom.

Dois-je mettre de côté la mort de mon père ? Même dans ce deuil nous ne parlions pas la même langue. Evelyn racontait et racontait encore comment Roger, la nuit avant sa mort, lui avait dit qu'il avait peur et elle l'avait rassuré ; elle lui avait donné la permission de partir. Elle pleurait : elle n'arrivait pas à se souvenir de Roger bien portant, avant la déchéance ; elle ne le voyait que malade et abîmé. Elle s'inquiétait : allait-il se débrouiller sans elle dans l'autre monde ? Elle fut rassurée quand mon oncle Félix partit. Roger n'était plus seul là-haut.

Je ne savais pas quoi répondre à Maman. Je l'écoutais aussi gentiment que possible. Je l'embrassais. Nous étions déphasés. Je souriais *in petto* en pensant aux blagues de mon père. Je ne l'avais pas perdu. Dès qu'Octave et Léon eurent l'âge, je leur enseignai les mille et un tours de Pépé.

Six ans sans un regard ? Un jour, je contemplai Evelyn à nouveau. Elle ne se ressemblait plus. Elle était espiègle et imprévisible, menteuse et cachottière comme une adolescente amoureuse. Elle disparaissait en gloussant. Elle se vexait qu'on la moquât. Elle était fraîche et piquante, horripilante, rieuse. Elle mit du temps à nous présenter Alain. Elle y trouvait trop de prétextes. Mais elle était heureuse. Nous en profitions.

Ce fut en plaisantant sur cette idylle qu'elle masquait que mon fils Théo lui arracha ses premières confidences sur la Shoah. « Si on parle de ton copain, on peut tout se dire ! » Evelyn lui montra des vieux papiers et se livra un peu. Elle lui en donna pourtant moins qu'aux enfants des écoles, qu'elle avait commencé à visiter. Car il est une bizarrerie des âmes : dans la joie d'Evelyn, se mêlaient un homme vieux et neuf à la fois, et une reconquête : elle s'était mise à témoigner. Et nous étions incapables, Myriam ou moi, Nolwenn, Camille et Théo, de dissocier les témoignages de l'idylle, la Shoah enfin revendiquée et l'hymen révélé. Ils venaient ensemble dire que ma mère avait changé.

Évidemment, je me sentis dépossédé de celle que j'avais négligée. Le reste est un apprentissage. Nous sommes arrivés ? Nous n'en sommes pas loin.

Evelyn (et Claude)

« Tu te souviens de ton premier témoignage ?

— C'était à Saverne, en Alsace. Francine Mayran avait une exposition… Tu vois qui est Francine ?

— Tu parlais beaucoup d'elle à un moment.

— Je la vois moins. Elle est psy et artiste à Strasbourg. Elle veut réparer les mémoires avec l'art. Elle travaille sur les génocides, pas seulement sur la Shoah… Je la connaissais par Facebook. Je regardais son travail. Je lui ai dit que j'étais prête à témoigner.

— Tu en avais envie depuis longtemps ?

— Cela venait. Il y avait Alain à Saverne, il m'a suggéré de venir…

— Ah ! Mimi avait raison, comme d'habitude ! Elle m'avait dit que tu avais commencé à témoigner avec Alain ! Moi, je te croyais quand tu me disais que tu témoignais avant d'être avec lui !

— Nous n'étions pas ensemble !

— Ah oui ?

— On parlait beaucoup sur Facebook…

— Et vous vous voyiez en dehors !

— On n'était pas encore vraiment ensemble !

— Hmmm…

— On se connaît depuis 2015 !

— Et donc Saverne ?

— Francine avait peint mon portrait. À partir de ma photo de petite fille. Tu sais, celle qui a été prise avant la déportation…

— Oui, celle que je regardais tout le temps… Et ton témoignage ?

— J'avais écrit ce que je voulais dire. C'était épuisant.

— Ça ressemblait aux témoignages que tu fais aujourd'hui ?

— Ils sont plus longs maintenant… »

Claude

Le témoignage d'Evelyn à Saverne est sur YouTube. Il a été vu par 5 100 personnes, m'assure l'algorithme. Maman a un collier et une blouse blanche. La peinture que Francine Mayran a réalisée d'après sa photo est juste à côté d'elle. L'artiste a décidé que le cardigan de la petite fille devait être orange. Ce que la Shoah inspire parfois.

Je me demande ce que je faisais le 29 mai 2016. C'était un dimanche. J'avais travaillé le matin dans la matinale d'une télé d'info continue. J'ai le vague souvenir que Maman m'avait parlé de ce déplacement. Vraiment vague.

Evelyn a l'air impressionnée. Elle fait plus jeune qu'aujourd'hui. Voilà ses premiers mots.

«Je n'ai pas une grande voix, je suis désolée. Et j'ai en plus la sensation que je vais devoir faire un grand saut dans le vide, en ouvrant une porte, ou plutôt en entrouvrant une porte qui est restée fermée soixante-treize ans, puisque je l'ai moi-même fermée le 12 mars 1943, à l'âge de quatre ans et huit mois, quand mes parents et moi avons été amenés à un endroit nommé le *Hollandse Schouwburg*, le Vel d'Hiv d'Amsterdam. Mais je vais plutôt commencer par le commencement. Je sais que ce voyage que nous allons faire ensemble sera jalonné d'allers et retours et je vais essayer de ne pas trop sauter du coq à l'âne : mon défaut majeur. Je suis née dans une famille de juifs allemands... »

Que dit-elle ce jour-là qu'elle ne dit plus ? Evelyn décrit son grand-père les jours de fête, à Spire, portant chapeau haut de forme, comme tout bon Allemand. Elle dit qu'il avait fait la guerre de 1914 contre des cousins français (j'entendais souvent cela, enfant, mais je n'ai pas la moindre idée de ce que sont devenus ces cousins). Elle dit qu'à Bergen-Belsen, les lits étant alignés les uns contre les autres, elle devait enjamber d'autres couches avant de se retrouver à sa place, près de Marion qui chantait faux.

Evelyn esquisse ici un sourire qui lui va bien.

Je suis frappé par ce mot qu'elle emploie dans son propos liminaire. « Entrouvrant une porte fermée depuis soixante-treize ans. » « Entrouvrir la porte de ma mémoire enfouie », c'est le titre du texte qu'elle écrira quatre ans plus tard. Dès le premier jour, il ne s'agit que de cela ?

Hors le sourire que lui inspire Marion, Evelyn ne change jamais de débit. Sa voix est musicale et lointaine. Elle parle sans s'arrêter. Elle lève la tête à la fin, elle l'a fait, elle lâche un soupir soulagé. Elle a dit qu'elle appartient à la dernière génération à avoir vécu la Shoah dans sa chair et que c'est la raison pour laquelle, dit-elle, « je suis venue vous raconter une histoire impossible à raconter ».

Je ne crois pas à cette urgence altruiste, mais sans doute y croit-elle. Il n'est pas si facile d'admettre qu'on agit pour se sauver. Mais à Saverne, Evelyn parle pour elle-même. Elle pourrait être seule, cela ne changerait rien sur le fond.

Simplement, il faut bien un public pour qu'on se mette à parler, ou alors on est fou.

Je comprends à l'instant que ce n'est pas simplement Maman qui témoigne, mais les personnes présentes qui témoignent d'elle : ils sont les témoins de sa quête, quand elle dit témoigner de la Shoah. Elle ne prend jamais appui sur un visage ou un regard dans la salle. Elle cherche ce qu'elle a enfoui en elle. Et cette conférence annonce toutes les autres : une recherche sans fin de ce qu'elle fut, sous les apparences du témoignage. Moins un partage que l'exposition d'une solitude.

Mon regard de fils.

Cette absence aux autres me perturbera les rares fois où je l'accompagnerai, les années qui suivront. Où je me forcerai à l'accompagner, malgré elle, parce que je ne veux pas toujours la laisser seule.

Je me souviens d'une conférence dans un collège de Neuilly, où je m'installe au dernier rang, derrière des gamines que je voudrais tuer, quand elles se mettent à parler alors que sur l'estrade ma mère, de sa jolie voix, dévide son histoire. Elle ne les a pas vues s'agiter.

Je me souviens d'une réunion dans un quartier populaire de Saint-Étienne, dont les murs ont été souillés de graffitis antisémites. Des jeunes gens, pour répondre, ont réalisé un projet sur la Shoah. Evelyn complète le programme. J'ai prévu de lui faire une surprise. Elle a dormi à l'hôtel la veille de sa conférence. J'attrape un train après la matinale de France Inter où je travaille. Je dors mal. J'arrive épuisé à la gare de Châteaucreux. Que fais-je ici ? Me voilà ! Maman fait mine d'être ravie. Je fais mine d'être ému. En réalité, nous sommes dans une mauvaise idée. Je suis venu par effraction dans le jardin de ma mère. Nous sommes bientôt mécontents l'un de l'autre.

Je trouve sa conférence mécanique. Pourquoi ne parle-t-elle pas directement à ces jeunes ? Les regardes-tu seulement ?

Elle trouve ma présence incongrue. Je lui vole la vedette. Par mon travail – je présente une revue de presse – je suis un peu connu des journalistes de la presse régionale. Évidemment, on m'interroge. Je la sens se recroqueviller.

On ne m'y prendra plus.

Claude (et Evelyn)

« Et après Saverne, tu as témoigné où ?

— À Lille, au lycée musulman, le lycée Averroès ! C'est toi qui me l'avais organisé ! C'était le premier jour du Ramadan... Mais ils m'ont fait à manger...

— Ah oui ! Je me souviens qu'ils étaient très contents de toi. Et que tu étais très contente.

— J'avais témoigné devant des collégiens le matin et des lycéens l'après-midi. Je me souviens que les collégiennes étaient pratiquement toutes voilées, mais pas les lycéennes. On m'avait expliqué que les plus grandes se préparaient à faire des études supérieures. Elles s'habituaient à ne plus sortir en foulard... »

Je m'étais donc approprié la quête de Maman avant de m'en éloigner. À chacun ses guerres : ces années 2010, je ne supportais plus que la laïcité se racornisse et expulse les musulmans du consensus national. J'en avais écrit un livre. J'avais rencontré des musulmans outrageusement pieux, qu'on aime à décrire comme « communautaristes », « séparatistes » ou « fréristes », mais que je trouvais curieux, difficiles, un peu braques, prétendant tenir la foi et la République, tout et son contraire. En gros, ces musulmans, avec qui j'évitais de trop parler du Proche-Orient, auraient pu être juifs. Et envoyer Maman parler de la Shoah chez Averroès, lycée musulman d'élite fondé par un notable entrepreneur, Amar Lasfar, lequel organisait aussi des pèlerinages à La Mecque, me paraissait la chose à faire.

Tout se passa très bien.

Le soir du 6 juin 2016, Evelyn écrivait ceci sur son profil Facebook, obtenant soixante-cinq *likes* de sa communauté (parmi eux, Nolwenn et moi).

« Cet après-midi j'ai fait deux témoignages sur la Shoah et mon expérience personnelle, au collège et au lycée Averroès, à Lille.

Deux témoignages dans des classes d'un établissement musulman où j'ai rencontré une écoute et une attention remarquables, et des questions intelligentes et sensibles, malgré cette première journée du Ramadan. Il s'agissait de filles et garçons de 3e et de 1re et de leurs professeurs, au fond de la salle, de français et d'histoire. Un après-midi à marquer d'une pierre blanche. J'y retournerai avec un très grand plaisir… »

Evelyn n'est pas retournée à Averroès. Mais elle parle dans des établissements de quartiers populaires – quelle litote, pardon – devant des gosses de toutes origines – quel évitement, mon Dieu – et jamais elle n'a rencontré la moindre réticence. À croire que l'antisémitisme des jeunes musulmans, qui empêcherait qu'on enseigne la Shoah dans les établissements de la République, se dissipe autour de ma mère, comme les eaux s'écartèrent devant les Hébreux.

Ou peut-être écrit-on beaucoup de vilenies sur ces mômes « allogènes » (ainsi appelle-t-on les jeunes d'origine turque ou marocaine aux Pays-Bas).

Parfois – c'est arrivé récemment – des enseignants disent à Evelyn que des élèves s'étonnent qu'on leur propose une conférence sur le drame des juifs quand, en Palestine, Israël réprime et tue. Cela ne la perturbe pas.

« Tu as fait comment ?

— J'ai pris la parole avant de commencer mon témoignage. J'ai dit que je savais que certains élèves avaient des doutes… Je leur ai dit que le conflit israélo-palestinien n'avait rien à voir avec la Shoah. À la fin, des élèves m'ont demandé où vivaient mes enfants. Je leur ai dit que ma fille vivait en Israël, où elle manifestait contre le gouvernement, et que j'étais allée manifester avec elle. Voilà ! »

Je ne suis pas certain qu'Evelyn ait dit « voilà », cette fois-ci, mais elle aime bien scander de ce mot ses raisonnements victorieux.

Bref, elle va bien. Nous méritons cette conclusion tranquille. Aux élèves d'Averroès, Evelyn avait demandé une chose : qu'ils rencontrent les élèves du lycée juif de Lille, et commencent à dialoguer. Je ne sais pas non plus si c'est arrivé.

Que dire encore.

Ne rien oublier qui puisse faire sens.

Ah oui. Je me suis moqué d'Evelyn parfois. Souvent. « Quand on t'écoute, on a l'impression que tu as vraiment été déportée ! » Franchement, dans le contexte familial, c'est drôle, comme il était drôle autrefois de se moquer de Oma.

Maman soupire et je voudrais être capable de ne plus faire cette blague ; ou au moins être capable de la regretter.

Je la taquine moins depuis que nous parlons.

Evelyn n'aime pas témoigner dans des établissements juifs. « Ils ne m'invitent pas, ça ne les intéresse pas. » C'est dans un lycée de la communauté qu'elle a connu son expérience la plus désagréable, se retrouvant en face d'élèves odieux d'indifférence. Elle me l'a raconté en revenant. « Ils bavardaient, ils étaient sur leur portable, ils quittaient la salle pendant que je parlais ! Il n'y avait aucun professeur avec nous… »

En famille, nous nous sommes indignés. Evelyn s'est plainte. Le lycée lui a dit que ses élèves avaient adoré sa conférence. Elle a été vexée, mais plus encore, terrifiée. Et si elle avait perdu le don de se faire entendre ? Et si on ne l'écoutait plus ? Puis elle a repris le cours de ses témoignages, ses Zooms et ses trajets en train de banlieue. On l'écoute à nouveau.

Elle a reçu ces temps-ci de beaux retours de lycéens et de collégiens, des lettres qu'elle me lit. Les enfants lui disent qu'ils ne l'oublieront pas. Je me demande si notre travail l'a rendue meilleure oratrice. Est-ce que je le pense ? Je lui pose la question. Elle me dit que non. Maman me dit qu'elle parle plus des camps désormais, et plus de la Hollande, et moins de ses origines.

Pourquoi ne l'écouterait-on pas ?

Je la laisse rentrer à pied de chez moi.

Evelyn (et Claude)

« Je ne t'ai pas dit ? Après la guerre, Opa chantait cet air de *Don Giovanni* avec Schapi : "Reich mir die Hand, mein Leben". »

(Donc mon grand-père chantait du Mozart en allemand avec son amie Schapi rescapée des camps. J'ignorais même qu'il existait une traduction allemande du livret de Da Ponte. Je ne sais pas quoi faire de cette révélation. Mais elle compte pour Maman : sa fébrilité en témoigne. Elle me parle de cet aria *– ce* lied *– un soir où je crois voir la fin du livre, et celle-ci se dérobe. Comme s'il n'y avait pas de conclusion possible à notre tentative. Comme si elle-même, Evelyn, ne voulait pas y mettre fin. Cela dure depuis des jours. Elle revient vers moi avec de nouvelles anecdotes, ou bien me dit des mots trop doux ou joyeux, ou bien boude, ou s'attriste de manière inexplicable ; bref, elle met du mouvement – de la vie – dans notre histoire, quand – techniquement – j'aurais besoin de la figer. Nous sommes en mai, juin 2023, quand Jiminy Cricket Bataille attend que je boucle. Oui, mais comment faire si Evelyn porte en elle des paroles qui ne sont pas vaines ? Maman est perturbée*

par la fin de notre aventure, et perturbée aussi, parce qu'à Vught – le camp où elle a perdu la mémoire et failli mourir à l'âge de quatre ans – se tient ce printemps une cérémonie où, cette fois, elle n'a pas voulu aller.)

J'avais décidé que je ne retournerais plus à Vught. Une visite m'avait suffi. Mais le camp ne me tenait pas quitte. Avant de partir, en juin 2022, j'avais dit aux responsables du musée que ce serait bien d'éditer ensemble les livres de souvenirs de *Mammie. Une jeunesse allemande* n'avait été publié qu'en allemand ! Ils m'ont écoutée. Ils ont rassemblé les deux livres, en hollandais, *Une jeunesse allemande* et *De retour, mais pas à la maison* ; ils m'ont demandé un texte de postface, et m'ont demandé de solliciter aussi mes enfants. Myriam a écrit un texte. Claude n'a pas voulu.

(Je n'avais ni le goût ni le temps de me distraire de notre livre, à Evelyn et moi. On ne peut pas écrire sur les mêmes méandres dans deux endroits à la fois. Je ne doute pas qu'Oma me pardonnera. En réalité, je n'avais pas vraiment saisi l'enjeu de ce texte que Maman me demandait. Elle me parlait d'un événement à Vught. Je me disais que si elle décidait finalement d'y retourner, j'irais avec elle, pour la soutenir, et pour voir si elle supporterait mieux le voyage que la première fois. Dans notre aventure, je suis celui qui observe Evelyn tout en la protégeant – parfois. Mais il m'arrive encore de mal l'écouter. Je croyais que le musée du camp préparait une brochure quelconque, je n'avais pas compris qu'on s'apprêtait à ressusciter ma grand-mère dans un livre, lors d'une cérémonie dédiée.)

Les responsables du musée voulaient dévoiler le livre de *Mammie* en juin 2023. Mon frère Jules a pensé venir à Vught pour témoigner de notre mère. Il m'aurait représentée et aurait pu prendre une place à lui, publiquement, dans notre histoire familiale. Cela m'allait bien. Mais le Canada est loin et Jules a renoncé. Aurais-je dû me forcer et le remplacer ? Un cousin hollandais m'a tirée d'affaire. Il est allé à Vught. Il m'a raconté la cérémonie et m'a fait parvenir un livre. Paul est le fils de Willy, un des cousins de ma mère – le plus jeune, le plus fantasque. Il était mon préféré. Pendant la guerre, Willy avait été caché chez un paysan qui refusait de le nourrir : il courait la campagne pour trouver de quoi manger. Dans sa cachette, il avait appris à dessiner les vaches et les tracteurs. J'adorais les dessins qu'il me faisait quand j'étais revenue… Willy était venu à Speyer avec nous en 1999, quand les mémoires de *Mammie* avaient été publiés par la ville. Il avait un cancer. Il était épuisé. Il m'avait dit qu'il allait dormir dans le train du retour. Je lui avais dit qu'il ne dormirait pas une minute, puisque *Mammie* allait lui parler pendant tout le voyage ! J'avais eu raison : elle lui avait parlé ! Je ne sais plus où j'ai mis la photo où l'on nous voit rire tous les deux, Willy et moi, pendant la réception à Speyer. C'est une très belle photo…

(*Du voyage à Speyer, je me souviens que je riais avec mon père ; Maman, elle, se souvient qu'elle riait avec son cousin. Nous nous ressemblons jusque dans nos exorcismes. Mais je me crois plus solide qu'elle ; ou plus indifférent ? Maman m'a donné un exemplaire du livre de Oma. Il est broché, élégant ;*

sur la couverture figure la famille Sulzbach en 1954 : mon oncle Jules tient une trottinette rouge près de Anny qui est bien ronde, Jacob en chemise cravate semble tenir une cigarette, Evelyn est une adolescente inaboutie en robe claire ; ils pourraient être des personnages d'un feuilleton américain de l'époque. En couverture, le nom de Anny Sulzbach est plus gros que le titre du livre : De lange schaduw van de Holocaust, een familiekroniek, *« L'ombre sans fin de l'Holocauste, une chronique familiale ». Oma aurait été fière. J'en souris. Je me demande si j'ai eu tort de ne pas écrire ma postface... Je regarde les textes d'Evelyn et Myriam. Ils sont en néerlandais, forcément. Je les traduirai – je les ferai traduire sur Google trad – un autre jour. Ce n'est pas mon sujet maintenant ! Je change d'avis. Juste le titre du texte de Mimi.* De Shoah is een deel van mijn leven : *« La Shoah fait partie de ma vie ». Ma poupée ! Je suis attendri. Ma sœur a beau être devenue une Israélienne quinquagénaire portant lunettes et férue de marches dans la nature et de manifestations, elle reste la petite fille de mon enfance... Le titre du texte de Maman est plus énigmatique.* Wij waren daarbij *: « Nous étions là-bas ». Ce n'est pas vraiment un texte, mais un entretien. Un détail m'intrigue. Il est écrit qu'Evelyn vit à Paris depuis 1957. Elle se serait installée si vite avec Roger ? Les mariages de mes parents – civil en France et religieux en Hollande – n'eurent lieu qu'en 1958... Bon. Je vois aussi que Oma appelle le* Hollandse Schouwburg *« Joodse Schouwburg » : l'endroit avait donc déjà été assigné à la communauté juive, qui ne pouvait plus se rendre dans les autres théâtres de la ville. Je tourne des pages. Je vois une photo de moi, bambin. Une autre de ma sœur. Nous deux avec Oma, le jour de ses* *quatre-vingt-dix ans en juillet 2004 : je porte un costume clair, et je suis plus mince qu'aujourd'hui. Je vois aussi une photo d'Evelyn petite fille avec son père devant une belle maison. La légende m'indique qu'il s'agit d'une visite chez la mère de Franz. Franz ? Ah oui. Le mari de Else, la sœur de Oma... Je suis ravi : il s'agit de la très grosse et très riche tante Paula, dont Evelyn m'a parlé, qui avait préparé du poulet frit au beurre pour les trois rescapés des camps ! La photo est celle du poulet au beurre ! J'essaie d'imaginer Jacob, mince et bien pris dans son costume croisé, disant « sens-moi cette odeur » à la fillette souriante près de lui ! J'aime bien ce livre pour ses replis. Je vois aussi que la photo d'Evelyn, qui me bouleversait dans l'album familial, fut prise le 4 janvier 1943. Rien que pour cela, il en valait la peine. Mais je devine – je sais – qu'Evelyn vit mal ce retour éditorial – posthume – de sa mère, au moment où elle-même, enfin, s'apprête à être publiée avec moi. Et ce n'est pas seulement le livre qui la bouleverse.)*

J'ai reçu un courriel de mon cousin Paul après la cérémonie de Vught. J'ai appris qu'on n'avait pas seulement parlé de *Mammie*, mais qu'on avait projeté un extrait d'un film où elle racontait sa déportation. J'ai appris que j'allais recevoir un DVD de ce film, dont je n'avais jamais entendu parler, qui avait été publié par une Fondation Sobibor – le camp où était morte la mère de *Pappie*. Je n'y comprenais rien. J'ai lu que le DVD que j'allais recevoir s'appelait *Enfants juifs du camp de Vught* et que l'extrait qu'on avait diffusé le jour du lancement du livre de *Mammie* s'intitulait « La mère et l'enfant ». J'ai vu aussi dans le courriel de Paul un lien internet vers l'interview de ma mère. J'ai regardé dix secondes. Je n'ai pas pu en supporter plus.

(Et Evelyn m'a alors écrit un courriel à son tour, et un texto pour m'en avertir. Je l'ai lu après le travail, un matin. J'ai reçu un cri de désespoir : le cri de ma mère volée de son passé. « Décidément, Oma aura le dernier mot jusqu'au bout. Je t'envoie ce qui, peut-être, trouvera sa place, dans ma partie de ton beau livre. » Suivait en pièce jointe un texte dont Evelyn voulait faire le prologue de notre livre.)

« Jusqu'au bout ma mère, *Mammie*, sonne à ma porte pour que le souvenir de la Shoah ne soit pas sans elle. Anny Sulzbach, de là-haut, où elle est depuis le 8 mars 2019, me fait signe : Ne m'oublie pas, j'ai déjà tout dit ! Et comme j'ai toujours été une bonne fille, obéissante, je vais écrire à Claude, pour qu'il l'incorpore (...) Je ne pense pas que j'aurai le courage de regarder ma mère parler des camps, des souvenirs, plus de quatre ans après sa disparition. Mais elle restera le personnage principal des souvenirs de cette Shoah, dont la longue ombre aura plané sur mon enfance, jeunesse et jusqu'aujourd'hui, quand le livre de Claude, mon fils, et le mien, sortira en France, pour montrer que, si longtemps après, cette Shoah aura régi nos vies. »

(Je ne veux pas mimer la psychanalyse, mais la construction de la dernière phrase laisse planer un doute. Est-ce la Shoah, ou sa mère, cette ombre qui toute sa vie aura plané sur Evelyn ? Je suis frappé aussi par une translation : Evelyn est tellement choquée de la réapparition de Oma qu'elle parle désormais de mon

livre, le livre de son fils, et non plus du sien. Je ne souris pas devant ce gouffre. Il en faut donc si peu pour qu'elle redevienne celle que l'on raconte, celle dont on parle, qui n'aurait pas de mots ? Je lui téléphone. Je lui parle un peu rudement – pour la réveiller.)

« Maman ? Ça va ?

— Je ne veux pas regarder le film de Oma !

— Personne ne te force ! J'ai regardé un peu, elle était encore jeune. Elle était belle ! C'est vrai que c'est étrange...

— Je ne pourrai pas le voir !

— Dis-moi... J'ai lu le texte que tu m'as envoyé.

— Je voudrais qu'on l'intègre au livre...

— Pourquoi ? Pour te retrouver au point de départ ? Pour te mettre sous les mots de ta mère à nouveau ? Tu as l'impression que Oma revient pour te voler ton récit : c'est absurde. Et c'est absurde de te laisser faire ! C'est juste deux livres que tu as déjà lus et qu'on publie en Hollande. Et un film que personne n'a vu ! Qu'est-ce que cela change ? Cela fait deux ans qu'on travaille tous les deux...

— Que tu travailles !

— Ah non ! Tu es allée chercher plein de choses en toi. Tu as écrit ton texte avant que j'écrive. Tu as pris des risques ! Je ne suis pas d'accord... Franchement, dans notre livre, on s'en fout de la vidéo de Oma !

— Tu crois ? »

(Je crois, oui. Nous en sommes donc là. Nous avons écrit un bon chemin, mais une part de nos âmes est restée en arrière, tout près de nos remords immobiles. J'ai déjà connu cela.

Sinon, pour parler de choses essentielles : le lied *de Mozart que chantait mon grand-père avec Schapi est la version allemande du duo de Don Giovanni et Zerlina, « Là ci darem la mano ». Il me faut une petite journée pour faire le lien, et la musique depuis me trotte dans la tête. Je la chante dans les couloirs au travail. Ces jours-ci, nous parlons donc de musique avec Evelyn : cela ne nous met pas en danger. Quand elle lit dans le manuscrit que je me souviens des* Danses hongroises *de Brahms, un autre souvenir lui vient.)*

« J'aurais dû te le dire ! Mon papa chantait souvent une berceuse de Brahms. Il l'avait chantée à Oma quand ils étaient jeunes mariés. Elle avait une pleurésie. Elle aurait pu mourir. Opa la soignait et lui chantait du Brahms en lui caressant le front… »

(Et là je comprends pourquoi Maman, quand j'étais petit, m'avait acheté du Brahms : pour faire le lien avec son père, qui finalement n'était pas un vaincu, mais un homme fort et doux, qui avait en chantant sauvé la vie de son épouse – Brahms nous le disait. Je comprends aussi, dans nos échanges tardifs, pourquoi Maman, quand j'étais lycéen, m'avait emmené au cinéma voir le Don Giovanni *de Joseph Losey, où Zerlina était jouée par Teresa Beganza et Don Giovanni par Ruggero Raimondi. Nos enfants sont des passages vers notre enfance. Il y a quelques jours, Maman m'a envoyé, par Facebook messenger, des enregistrements de berceuses : l'une de Brahms, l'œuvre 49-4 du compositeur, universellement connue, « Guten Abend, gute Nacht, Mit Rosen bedacht », « Bonsoir, bonne nuit, couvert de roses », dont l'air a été repris par des fabricants de jouets pour*

enfants, et qui sur la vidéo envoyée par Evelyn est interprétée par Esther Valentin ; et une autre berceuse, « Schlafe, mein Prinzchen », « Dors mon prince », interprétée par la cantatrice Karin Shifrin, lors d'un « Concert pour la Paix » à Bologne ; la musique de cette berceuse fut longtemps attribuée à Mozart, puis à un médecin et compositeur du XVIIIe siècle, Bernhard Flies, mais serait en réalité de Friedrich Fleischmann, qui adapta pour l'opéra La Tempête *de Shakespeare, et mourut à trente-deux ans le 30 novembre 1798.)*

« Ceci aussi Opa le chantait ! Oma était entre la vie et la mort. Ça a duré plusieurs jours, il n'y avait pas de médicaments à l'époque ! Quand j'entends ces morceaux, je pleure ! Je pleure quand je pense à Opa… En fait, je pleure souvent. »

(Imprimez sa légende.)

Paris, printemps 2023.

Remerciements

Notre gratitude aux jeunes gens, écoliers, collégiens, lycéens, qui, ayant entendu Evelyn, lui ont réclamé un livre; à Alain Hirschler, qui l'a encouragée à écrire; à Nolwenn Le Blevennec, qui nous a incités à poursuivre ensemble ; à Christophe Bataille, qui nous a unis (éditorialement) et nous a si activement attendus ; à Madeleine Thompson, Agnès Nivière, Christiaan van Raaijen, Xavier Collet, Camille Decisier, pour leurs lectures et relectures ; à nos familles, nos gardiens et nos témoins, ici et maintenant, jadis et naguère.

Livres cités (ou évoqués)

De lange schaduw van de Holocaust, Een familiekroniek, Anny Sulzbach, Verblum/National Monument Kamp Vught, 2023.

Eine deutsche Jugend, Speyer – Bergen-Belsen, Anny Sulzbach, Stadtverwaltung Speyer, 1998.

De ooievaar en het girafje, Anny Sulzbach, Gianni, 2006.

Bilder aus der jüdischen Viergangenheit, Abraham Sulzbach, 1914, Leopold Classic Library.

Les juifs meurent aussi, Roger Ascot, Fayard, 1974.

Requiem allemand, Amos Elon, Denoël, 2010.

À son ombre, Claude Askolovitch, Grasset, 2020.

Nos mal-aimés, Claude Askolovitch, Grasset, 2013.

Bicot et Suzy, Martin Branner, Azur, 1965.

La Bande des Pieds Nickelés, Louis Forton, Azur, 1965.

Le Marchand de Venise, William Shakespeare c. 1598, Garnier Flammarion.

Sainte Jeanne, George Bernard Shaw, 1923, L'Arche Éditeur.

Un conte de bonnes femmes, Arnold Bennett, 1908, Hazar Publishing.

Le Voyage de Monsieur Perrichon, Eugène Labiche, 1860, Librio.

Gegen das Vergessen, Luigi Toscano, Panorama GmbH, 2015.

Le Monde d'hier, souvenirs d'un Européen, Stefan Zweig, 1943, Livre de Poche.

Le Livre des chants, Heinrich Heine, 1827, Cerf.

Les Juifs du silence, Elie Wiesel, Éditions du Seuil, 1966.

Un juif aujourd'hui, Elie Wiesel, Éditions du Seuil, 1977.

Si c'est un homme, Primo Levi, 1947, Pocket.

Être sans destin, Imre Kertész, 1975, Actes Sud Babel.

Exodus, Leon Uris, 1958, Éditions retrouvées.

Le Choix de Sophie, William Styron, 1979, Folio.

Un pont trop loin, Cornelius Ryan, Robert Laffont, 1974.

Le Jour le plus long, Cornelius Ryan, Robert Laffont, 1959.

Les Derniers, Sophie Nahum, Éditions Alisio, 2020.

Je me souviens…, Boris Cyrulnik, Odile Jacob, 2010.

Laisser courir, Philip Roth, 1962, Folio.

Portnoy et son complexe, Philip Roth, 1969, Folio.

L'Écrivain des ombres, Philip Roth, 1979, Folio.

Rendez-vous au métro Saint-Paul, Cyrille Fleischman, Le Dilettante, 1992.

Le Dossier Rebatet, Lucien Rebatet, Pascal Ory, Bénédicte Vergez-Chaignon, Bouquins, 2015.

Nos héros, Sadie Rose Weilerstein, 1956, Biblieurope.

Molly et la reine du Chabbat, Sadie Rose Weilerstein, 1949 Service technique pour l'éducation.

Le Club des 5 et le trésor de l'île, Enid Blyton, Hachette, 1942.

Abécédaire incomplet de l'humour juif, Henry Bulawko, Folies d'encre, 2011.
Dialogues de bêtes, Colette, 1904, Folio.
Partout où ils seront, Beate Klarsfeld, 1973, Édition spéciale.
Le Premier Homme, Albert Camus, Gallimard, 1994.

Cet ouvrage a été imprimé
par CPI Brodard & Taupin
pour le compte des Éditions Grasset
à La Flèche (Sarthe)
en septembre 2023.

Composition Maury-Imprimeur

PAPIER À BASE DE FIBRES CERTIFIÉES

Grasset s'engage pour l'environnement en réduisant l'empreinte carbone de ses livres. Celle de cet exemplaire est de :
350 g éq. CO_2
Rendez-vous sur www.grasset-durable.fr

N° d'édition : 22912 – N° d'impression : 3053948
Dépôt légal : octobre 2023
Imprimé en France